文成天縦

明刻

善本西廂記二種

《善本西廂記二種》編寫組 編

1

廣西師範大學出版社
GUANGXI NORMAL UNIVERSITY PRESS
·桂林·

善本西廂記二種
SHANBEN XIXIANGJI ER ZHONG

出版統籌：湯文輝
出　品　人：喬祥飛
責任編輯：莫久愚
助理編輯：姜　偉
責任技編：王增元
書籍設計：常晉一

圖書在版編目（CIP）數據

善本西廂記二種：全 2 册 /《善本西廂記二種》編寫組編. --影印本.
桂林 ：廣西師範大學出版社，2024. 8. -- ISBN 978-7-5598-7188-6

Ⅰ. I237.1

中國國家版本館 CIP 數據核字第 2024A7Q839 號

廣西師範大學出版社出版發行
（廣西桂林市五里店路 9 號　郵政編碼：541004
網址：http://www.bbtpress.com）
出版人：黄軒莊
全國新華書店經銷
三河弘翰印務有限公司印刷
（河北省三河市黄土莊鎮二百户村北　郵政編碼：065200）
開本：889 mm × 1 194 mm　1/16
印張：41.75　　字數：668 千
2024 年 8 月第 1 版　　2024 年 8 月第 1 次印刷
定價：1800.00 元（全 2 册）

出版説明

《西廂記》問世七百餘年來，經久不衰，成爲許多劇種的保留劇目，以其精彩、優美的愛情戲被稱爲『天下奪魁』劇目，對後世影響極大。本書收録明刻《善本西廂記二種》，一爲《西廂記》五卷《解證》五卷《附録》一卷《會真記》一卷，一爲《張深之先生正北西廂秘本》五卷兩種。

《西廂記》五卷，元王實甫、關漢卿撰，明凌濛初評；《解證》五卷，明凌濛初撰；《附録》一卷，元佚名撰；《會真記》一卷，唐元稹撰。凌濛初刻朱墨套印本。

王實甫（一二六〇—一三三六），名德信，大都（今北京市）人。元代著名戲曲家。早年曾出仕，晚年弃官歸隱。所作雜劇今知有十四種（《録鬼簿》著録），現存《西廂記》《破窑記》《麗春園》三種；《芙蓉亭》《販茶船》各存一折曲詞。《西廂記》是其代表作，被譽爲『天下奪魁』之作，在我國戲曲發展史及文學史上影響很大。此外，還有少量散曲流傳，僅存小令一首，套數三套。他的劇作大多描寫男女愛情，塑造了崔鶯鶯、紅娘、劉月娥等經典女性形象。朱權《太和正音譜》評王實甫之詞如『花間美人』，『鋪叙委婉，深得騷人之趣，極有佳句』。

關漢卿，生卒年不詳，號已齋叟，大都（今北京市）人。與鄭光祖、白樸、馬致遠并稱『元曲四大家』。所作雜劇有六十餘種，現存十餘種，有《竇娥冤》《救風塵》《拜月亭》《單刀會》《蝴蝶夢》等。所作散曲現存套數十餘套，小令五十餘首。王國維《宋元戲曲史》贊曰：『關漢卿一空倚傍，自鑄偉詞，而其言曲盡人情，字字本色，故當爲元人第一。』

凌濛初（一五八〇—一六四四），字玄房，號初成，亦名凌波，別號即空觀主人，烏程（今屬浙江省）人。明代文學家、小説家和雕版印書家。著有《初刻拍案驚奇》《二刻拍案驚奇》。

元稹（七七九—八三一），字微之，河内（今屬河南省）人。其詩風平易，與白居易齊名，時稱『元白』，與白居易和李紳等創作新樂府，詩號『元和體』。宫中呼爲『元才子』。所作傳奇《會真記》後來爲《西廂記》所本。著有《元氏長慶集》。

此書首《西廂記凡例》十則，末署『即空觀主人識』，鈐『濛初之印』『初成氏』兩方印，知凌濛初校刻。《凡例》曰：『此刻悉遵周憲王元本，一字不易置增損。』可知凌本所據爲明初刊周憲王本（但學界意見不一，有學者認爲凌氏此本有托古之嫌）。次《西廂記舊目》及精圖二十面，圖名曰『老夫人閑春院』『崔鶯鶯燒夜香』『小紅娘傳好事』『張君瑞鬧道場』『張君瑞破賊計』等。圖一版心記有『新安黄一彬刻』，圖二十版面左下記有『吴門王文衡寫』。此書精印全圖者，極不易見。劇本正文共五本，以每本末題目正名中的末句作爲每本劇名，每本末附《解證》。朱墨套印，每半葉八行，行十八字。後附元人增《對奕》及唐元稹《會真記》。《對奕》非王實甫原作，而是由元代的某位或某些劇作家在原作基礎上增添的，通過圍棋這一傳統游戲展現了人物性格和内心世界，同時融入了深刻的文化内涵和哲理思考。元稹的《會真記》，又名《鶯鶯傳》，是唐代的一部傳奇小説。無論是金代董解元的《西廂記諸宫調》還是元代王實甫的《西廂記》等作品，都是在《會真記》的基礎上再創作和改編的。

《張深之先生正北西廂秘本》五卷，元王實甫、關漢卿撰，明張深之校正，明崇禎刻本。此本以精美的版畫插圖聞名，插圖是明晚期著名畫家陳洪綬所繪。

張道濬（？—一六四二），字深之，沁水（今屬山西省）人。晚明軍事將領、文學家。祖父張五典曾任大理寺卿，父張銓曾任巡按遼東監察御史等職。清兵圍攻瀋陽時殉職，張道濬被詔贈錦衣衛揮使僉事，歷升指揮使都督同知。著有《張司隸初集》等。

陳洪綬（一五九九—一六五二），字章侯，號老蓮，諸暨（今屬浙江省）人，明末清初書畫家、詩人。師從劉宗周，入國子監，得觀内府所藏古今名畫，技藝益精，與崔子忠齊名，時稱『南陳北崔』，後因官場失意，選擇南歸。明亡後，削髮爲僧，潛心藝術創作。據翁萬戈《陳洪綬書畫編年表》統計，其繪作約有一百五十七件，代表作有《隱居十六觀圖册》、《博古葉子》、《花卉山鳥圖》、《水滸葉子》、《張深之正北西廂記》插圖等。

此書首爲目録，次陳洪綬所繪插圖，各選取每卷重要一折作爲繪製主題。首半葉像記『雙文小像』，之后圖均對開呈現，分别爲《目成》《解圍》《窺簡》《驚夢》《報捷》。末署『溪山老蓮洪綬寫於定香橋畔』。正文卷端大題『張深之先生正北西廂秘本』，下署『元大都王實甫編，關漢卿續，明沁水張深之正』。每半葉九行，行二十字。張氏本《西廂記》保持了原著五本原有起止的格局，但在體例上已有了較爲明顯的傳奇化傾嚮，例如不再分本而改爲分卷，卷首目録每折均有題名等。此本在分清曲白、正襯兩點上做得很好，每一支曲的字數定格、所屬宫調以及叶韵等均在眉批中逐條注出，十分細緻。此外，還用圈點的方式標注『不同俗句』和『不同俗字』，方便使用。

明代版畫《西廂記》共有三個版本：第一個是明崇禎十二年（一六三九）刊本《張深之先生正北

西廂秘本》，第二個是次年（一六四〇）刊刻的《李卓吾先生批評西廂記真本》，第三個是刊印年代不詳的李告辰本《西廂》。陳洪綬參與了三個版本的創作，而風格最爲獨特的當推由陳洪綬獨立完成的《張深之先生正北西廂秘本》，插圖六幅中《窺簡》刻畫人物心理最爲精妙；畫家還利用鶯鶯背後豪華的屏風顯示其家世的不同尋常，并通過屏風上繪製的『四季花鳥畫』介紹該故事的梗概。

以上兩種書各具特色，清末民國藏書家、戲曲研究出版家劉世珩在《西廂記》題識中高度評價凌濛初刻本《西廂記》：『考訂詳審，悉遵元本……洵善本也。』《張深之先生正北西廂秘本》以繪圖精美著稱，爲明清各種出像《西廂記》版本中具有代表性的作品。

此次影印的兩種書都具有極高的藝術價值和欣賞價值，爲讀者提供了可靠的文獻資料，可助推戲曲、文學等相關學術研究進一步發展。

廣西師範大學出版社北京文獻出版中心

二〇二四年八月

總目録

第一册

第二册

第一册目録

西廂記五卷 〔元〕王實甫 關漢卿撰 〔明〕凌濛初評

解證五卷 〔明〕凌濛初撰

附録一卷 〔元〕佚名撰

會真記一卷 〔唐〕元稹撰

明凌濛初刻朱墨套印本

西廂記凡例 十則

一北西廂相沿以爲王實甫撰太和正音譜于王實甫名下首載之王元美卮言則云西廂久傳爲關漢卿撰邇來乃有以爲王實甫者謂至郵亭夢而止又云至碧雲天而止此後乃漢卿所補也徐士範重刻西廂則云人皆以爲關漢卿而不知有實甫盖自草橋夢以前作於實甫而其後則漢卿續成之者也俱

不知何據元人詠西廂詞煞尾云董解元古
詞章關漢卿新腔韻參訂西廂的本晚進王
生多議論把圍棋增則似謂漢卿翻董彈詞
而爲此記實甫止圍棋一折耳于五本無涉
也又滿庭芳云王家好忙沽名吊譽續短添
長別人肉貼在你腮頰上又似乎王續關者
盖當時關之名盛于王也亦無從攷定矣但
細味實甫别本如麗春堂芙蓉亭頗與前四

本氣韻相似大約都冶纖麗至漢卿諸本則老筆紛披時見本色此第五本亦然與前自是二手俗眸見其稍質便謂續本不及前此不知觀曲者也茲從周本以前四本屬王後一本屬關

一評語及解證無非以疏疑滯正訛謬爲主而間及其文字之入神者至如兜率宮武陵源九里山天台藍橋之類雖俱有原始恐非傳

雅所須故不備近又有注孤孀二字云孤謂子孀謂母此三尺童子所不屑訓詁也諸如此類急汰之

一近有攺竄本二一稱徐文長一稱方諸生徐贋筆也方諸生王伯良之別稱觀其本所引徐語與徐本時時異同王即徐鄉人蓋徵徐之爲譌矣徐解牽強迂僻令人勃勃王伯良儘留心于此道者其辨析有確當處十亦時

得二三但其胸中有痼。如認紅娘定爲幫丁崔氏一貧如洗之類故阿其所好。悍然筆削。而又大似村學究訓詁四書。如首某句貫下後某句承上某句連上看某句屬下看之類爲可惜耳。然堪採者一一録上方。伯良云。其復有撩戈者。原不爲此輩設也。第此刻爲表章西廂。未嘗操戈伯良。具眼自能陽秋者。此輩也歟哉。

一北曲每本止四折。其情事長而非四折所能

竟者。則又另分爲一本。如吳昌齡西遊記。則有六本。王實甫破窰記。麗春園。販茶船。進梅諫。于公高門。各有二本。關漢卿破窰記。蕘花旦。亦各有二本可證。故周王本分爲五本。本各四折。折各有題目正名四句。始爲得體。時本從一折直遞至二十折。又復不敢去題目正名。遂使南北之體。淆雜不辨矣。

一北體腳色。有正末。付末。狚。狐。靚。鴇。猱。捷譏。引戲。共九色。然定末旦外淨四人換粧。其更須多人者。則增付末亦稱冲末旦倈亦稱冲旦副淨女粧者曰花旦總之不出四名色。故周王本外扮老夫人。正末扮張生。正旦扮鶯鶯。旦倈扮紅娘。自是古體。確然可愛。自時本悉易以南戲稱呼。竟蔑北體。急拈出以竢知者。耳食輩勿反生疑也。

一北曲襯字。每多于正文。與南曲襯字少者不同。而元之老作家。盖喜多用襯字。且偏于襯字中着神作俊語。極爲難辨。時本多混刻之。使觀者不知本調寔字。徐王本亦分别出。然間有誤處。茲以太和正音譜細覈之。而襯字寔字了然矣。

一北體每本止有題目正名四句。而以末句作本劇之摠名。别無每折之名。不知始自何人。妄以南戲律之。槩加名目。如佛殿奇逢、僧房假寓之類。王伯良復易以二字名目。如遇艷投禪之類皆係紫之亂朱。不思北曲非止一西廂。可能一一爲之立名乎。

一此刻止欲爲是曲洗寃。非欲窮崔張眞面目也。故止存會眞記。若年譜辨證。及詩詞題詠之類。皆不録。其對奕一折。時本所無不詳何人所增。然大有元人老手。亦非近筆所能。且即鶯紅事。棄之可惜。故特附録之以公好事。

一是刻實供博雅之助當作文章觀不當作戲曲相也自可不必圖畫但世人重脂粉恐反有嫌無像之爲缺事者故以每本題目正名四句句繪一幅亦猶獵較之意云爾

一此刻悉遵周憲王元本一字不易置增損即有一二鑿然當改者亦但明註上方以備參攷至本文不敢不仍舊也

自贋本盛行覽之每爲髮指恨不起九原

而問之及得此本始為灑然久欲公之同好乃揚扢未備茲幸而竣事精力雖殫管窺有限罰猶有一二未决之疑如病染非韻心忙宜仄打叅宜仄之類或是本元有挂誤海內藏書家倘有善本在此本前者不惜指迷亦藝林一快余必不敢強然自信也

即空觀主人識

西廂記舊目

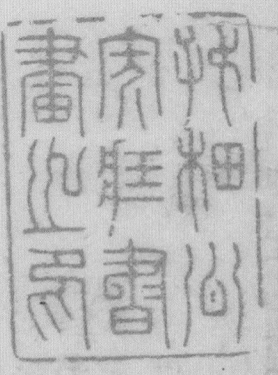

太和正音譜目録

王實甫

西廂記

點鬼簿目録 與周憲王本合

王寔甫

張君瑞鬧道場

崔鶯鶯夜聽琴

張君瑞害相思
草橋店夢鶯鶯
關漢卿
張君瑞慶團圞

日新堂本目録

第四本　雨雲幽會
第五本　天賜團圓
俗本目二十條不載

老夫人閑春院　第一本　一　新安黄一彬刻

崔鶯〻焼夜香

小紅娘傳好事

苐一本

二

張君瑞鬧道場

張君瑞破賊計
第二本
三

莽和尚生殺心

小紅娘畫請客　第二本　四

崔鶯〻夜聽琴

老夫人命留士　第三本　五

崔鶯鶯寄情詩

小紅娘問湯藥 第三本 六

張君瑞害相思

小紅娘成好事
第四本
七

老夫人問由情

短長亭斟別酒　第四本　八

草橋店夢鶯〻

小琴童傳捷報　第五本　九

崔鶯〻寄汗衫

鄭伯常乾捨命　第五本　十

張君瑞慶團圓圖

院本躰止四折其有情多用白而不可不唱者以一二小令為之非賞花時即端正好如楔楔之以木楔其取義也今人不知其解妄去之而合之于第一折殊謬王伯良謂猶南之引曲亦未是

劇體止末旦外淨四脚色故老夫人以外扮今人妄以南躰律之易以老旦者誤詳凡例中

西廂記第一本

張君瑞鬧道場雜劇

元　王實甫　填詞

楔子

〔外〕扮老夫人上開老身姓鄭。夫主姓崔。官拜前朝相國。不幸因病告殂。秪生得箇小姐。小字鶯鶯。年一十九歲。針黹（音指）女工。詩詞書筭。無不能者。老相公在日。曾許下老身之姪。乃鄭尚書之長子鄭恒爲妻。因俺孩兒父喪未滿。未得成合。又有箇小妮子。是自幼伏侍孩兒的。喚做紅娘。一箇小厮兒。喚做歡郎。先夫棄世之後。老身與女孩兒扶柩至博陵安葬。因路途有阻。不能得去。來到河中府。將這靈柩寄在普救寺內。這寺是先夫相國修造的。是則天娘娘香火院。況兼法本長老。又是俺相公剃度的和尚。因此俺就這西廂下一座宅子安下。一壁寫書附京師去。喚與

鄭恒來相扶回博陵去我想先夫在日食前方丈從者數百今日至親則這三四口兒好生傷感人也呵

（仙呂賞花時）夫主京師祿命終子母孤孀途路窮因此上旅櫬在梵王宮盼不到博陵舊塚血淚灑杜鵑紅

今日暮春天氣好生困人不免喚紅娘出來分付他紅娘何在（旦倈扮紅見科夫人云）你看佛

凡楔子不宜同唱故夫人獨上獨唱先下而鶯自上自唱始為得躰時本亦有從此者乃他本竟作夫人鶯紅同上同唱同下殊失此躰矣

此曲終竟下点是比躰時本有落場詩四句則是南戲矣

殿上没人燒香呵和小姐閑散心耍一回去來〔紅云〕謹依嚴命〔夫人下〕〔紅云〕小姐有請〔正旦扮鶯鶯上〕〔紅云〕夫人着俺和姐姐佛殿上閑耍一回去來〔旦唱〕

〔幺篇〕可正是人值殘春蒲郡東門掩重關蕭寺中花落水流紅閑愁萬種無語怨東風〔並下〕

第一折

〔正末扮騎馬引傸人上開〕小生姓張名珙字君

院本皆供應內用故當場須稱曩時廟號以為別致劇戲中無不如此者蓋其躰也近有識其稱廟號于即位之日其言似是然寔學究家見耳若高祖還鄉劇云白甚麽改姓更名喚做漢高祖子陵還認劉云誰識你那中興漢光武學究家不更駭倒乎莫蠢豈可與語氷

瑞本貫西洛人也先人拜禮部尚書不幸五旬之上因病身亡後一年喪母小生書劍飄零功名未遂遊於四方即今貞元十七年二月上旬唐德宗即位欲往上朝取應路經河中府過蒲關上有一人姓杜名確字君實與小生同郡同學當初爲八拜之交後棄文就武遂得武舉狀元官拜征西大元帥統領十萬大軍鎮守着蒲關小生就望歌歌一遭却往京師求進暗想小

才高二句止用男
兒頭三字点可盖
是其本調二十年

生螢窗雪案。刮垢磨光。學成滿腹文章。尚在湖
海飄零。何日得遂大志也呵。萬金寶劍藏秋水。
滿馬春愁壓繡鞍。
【仙呂點絳唇】遊藝中原。脚根無線如蓬轉。望眼
連天。日近長安遠。
【混江龍】向詩書經傳。蠹魚似不出費鑽研。將棘
圍守暖。把鐵硯磨穿。投至得雲路鵬程九萬里。
先受了雪窗螢火二十年。才高難入俗人機。時

以下添四字排句不拘多寡及不用韵皆可但須以平平去三字如此男兒顧及琵琶記休嗟嘆一韻句接之[illegible]此調字句可[illegible]法也作者知之

顯諸本訛作險犯廉纖閉口韻非何處顯言風濤何處顯得故以則除是此地偏接之語意自明

乖不遂男兒願。空雕蟲篆刻綴斷簡殘編

行路之間。早到蒲津。這黃河有九曲。此正古河內之地。你看好形勢也呵。

〔油葫蘆〕九曲風濤何處顯。則除是此地偏。這河帶齊梁分秦晉隘幽燕。雪浪拍長空天際秋雲捲。竹索纜浮橋水上蒼龍偃東西潰九州南北串百川。歸舟緊不緊如何見。却便似弩箭乍離弦。

王元美以滋洛陽二語雲浪柏長空四句東風搖曳三句法鼓金鐸不近喧譁二對為駢儷中景語元美七子之習喜尚高華不知賓來是其勝場

〔天下樂〕只疑是銀河落九天。淵泉。雲外懸。入東洋不離此逕穿。滋洛陽千種花潤梁園萬頃田。也曾泛浮槎到日月邊。

話說間早到城中。這里一座店兒。琴童接下馬者。店小二哥那里。〔小二上云〕自家是這狀元店里小二哥。官人要下呵。俺這里有乾淨店房。〔末云〕頭房里下。先撒和那馬者。小二哥你來。我問你。這里有甚麼閑散心處。名山勝境。福地寶坊。

皆可。〔小二云〕俺這裏有一座寺名曰普救寺。是
則天皇后香火院。盖造非俗。琉璃殿相近青霄。
舍利塔直侵雲漢。南來北往。三教九流。過者無
不瞻仰。則除那里。可以君子遊玩。〔末云〕琴童料
持下晌午飯。那裏走一遭。便回來也。〔童〕安排下
飯。撤和了馬。等哥哥回家。〔下〕〔法聰上〕小僧法聰。
是這普救寺法本長老座下弟子。今日師父赴
齋去了。着我在寺中。但有探長老的便記着。待

師父回來報知。山門下立地。看有甚麼人來。〔末上云〕却早來到也。〔見聰了聰問云〕客官從何來。〔末云〕小生西洛至此。聞上剎幽雅清爽。一來瞻仰佛像。二來拜謁長老。敢問長老在麼。〔聰云〕俺師父不在寺中。貧僧弟子法聰的便是。請先生方丈拜茶。〔末云〕既然長老不在呵。不必喫茶。敢煩和尚相引瞻仰一遭。幸甚。〔聰云〕小僧取鑰匙。開了佛殿、鐘樓、塔院、羅漢堂、香積厨、盤桓一會

王伯良曰此調舊作鄮〻高誤鄮〻高條黃鍾宮曲字句亦稍不同按元本原作村裡迓鼓

師父敢待回來。〔末云〕是盖造得好也呵。

〔村裏迓鼓〕隨喜了上方佛殿。早來到下方僧院。行過厨房近西。法堂北。鍾樓前面。遊了洞房。登了寶塔。將廻廊繞遍。數了羅漢。参了菩薩。拜了聖賢。〔鶯鶯引紅娘撚花枝上云〕紅娘。俺去佛殿上耍去來。〔末做見科〕呀。正撞着五百年風流業寃。

〔元和令〕顛不剌的見了萬千。似這般可喜娘的

剌青鍬

偏一字韵句所謂曲中短柱以後嗔嗔的扯做紙條兒亦嗔字為句始恁不肯回過臉兒來点然上馬嬌本調如此允劇皆然勿誤認偏宜嗔々連讀

龐兒罕曾見。則着人眼花撩亂口難言。魂靈兒飛在半天。他那裏儘人調戲嚲着香肩。只將花笑撚。

〔上馬嬌〕這的是兜率宮。休猜做了離恨天。呀誰想着寺裏遇神仙。我見他宜嗔宜喜春風面。偏宜貼翠花鈿。

〔勝葫蘆〕則見他宮樣眉兒新月偃。斜侵入鬢雲邊。〔旦云〕紅娘你覷寂寂僧房人不到。滿堦苔襯

腼腆時作靦覥誤

王伯良曰玉粳齒也曲江池劇云玉粳牙休覷上野狐涎

落花紅（末云）我死也。未語人前先腼腆。櫻桃紅綻。玉粳白露。半晌恰方言。

（幺篇）恰便似嚦嚦鶯聲花外轉。行一步可人憐。解舞腰肢嬌又軟。千般裊娜。萬般旖旎。似垂柳晚風前。

（紅云）那壁有人。咱家去來。（旦回顧覷末下）（末云）和尚。恰怎麼觀音現來。（聰云）休胡說。這是河中開府崔相國的小姐。（末云）世間有這等的女子。

風魔了以下多演數語点得但俱須三字節点非可以妄增減短長如徐王所謂

豈非天姿國色乎。休說那模樣兒。則那一對小腳兒。價值百鎰之金（聽云）偌遠地。他在那壁。你在這壁。繫着長裙兒。你便怎知他腳兒小。（末云）法聽來來來。你問我怎便知。你覷。

（後庭花）若不是襯殘紅芳逕軟。怎顯得步香塵底樣兒淺。且休題眼角兒留情處。則這腳蹤兒將心事傳。慢俄延。投至到櫳門兒前面。剛那了一步遠。剛剛的打個照面。（正指上回顛）風魔了張解元。似神

王伯良曰天〻連讀幼斷董詞天〻悶得人来彀琵琶閒天〻怎生結果

俗本仍下多還字漸下多去字非

仙歸洞天。空餘下楊柳烟。只聞得鳥雀喧。
〔柳葉兒〕呀。門掩着梨花深院。粉墻兒高似青天。恨天天不與人行方便。好着我難消遣。端的是怎留連。小姐呵。則被你兀的不引了人意馬心猿。
〔聽云〕休惹事。河中開府的小姐去遠了也。〔末唱〕
〔寄生草〕蘭麝香仍在。珮環聲漸遠。東風搖曳垂楊線。遊絲牽惹桃花片。珠簾掩映芙蓉面。你道

病染〻字犯廉纖韻必有誤朱石津本作塞金白嶼本作怎遣王伯良改為病纏以為獨得

是河中開府相公家。我道是南海水月觀音現。十年不識君王面。恰信嬋娟解悞人。小生便不往京師去應舉也罷。（覷聽云）敢煩和尚對長老說知。有僧房借半間。早晚溫習經史。勝如旅邸內冗雜。房金依例拜納。小生明日自來也。（賺煞）餓眼望將穿。饞口涎空嚥。空着我透骨髓相思病染。怎當他臨去秋波那一轉。休道是小生。便是鐵石人也意惹情牽。近庭軒。花柳爭妍。

盖此字原可平声三字皆可未知誰為本字耳

爭撕徐改依依然不知春光在眼前正即依然之意不必先窺之

潔老僧之渾名後老潔即是也

日午當庭塔影圓。春光在眼前。爭奈玉人不見。將一座梵王宮疑是武陵源（下）

第二折

（夫人上白）前日長老將錢去與老相公做好事。不見來回話。道與紅娘。傳着我的言語。去問長老。幾時好與老相公做好事。就着他辦下東西的當了。來回我話者。（下）（淨扮潔上）老僧法本。在這普救寺內做長老。此寺是則天皇后盖造的。

後來崩損。又是崔相國重修的。見今崔老夫人。領着家眷。扶柩回博陵。因路阻暫寓本寺西廂之下。待路通回博陵遷葬。老夫人處事溫儉。治家有方。是是非非。人莫敢犯。夜來老僧赴齋。不知曾有人來望老僧否。(與聽問科(聽云)夜來有一秀才。自西洛而來。特謁我師。不遇而返。(潔云)山門外覷着。若再來時。報我知道。(末上云)昨日見了那小姐。到有顧盼小生之意。今日去問長

周方舊解周旋方便

不曰可憎而曰可憎反詞也猶冤家之意

徐士範曰打當猶云打迭

多情人徐王俱言古本是寡情人與本文語意及傳意

老借一間僧房早晚溫習經史倘遇那小姐出來必當飽看一會

〔中呂〕〔粉蝶兒〕不做周方埋怨殺你個法聰和尚借與我半間兒客舍僧房與我那可憎才居止處門兒相向雖不能勾竊玉偷香且將這盼行雲眼睛兒打當

〔醉春風〕往常時見傅粉的委實羞畫眉的敢是謊今日多情人一見了有情娘着小生心兒裡

俱合且仄字起又合調然不見其本不敢更心忙王改心痒此向自宜仄聲住照恐與心痒〻複

早。癢癢。逼逗得腸荒。斷送得眼亂。引惹得心忙。

〔末〕見聰科〔聰云〕師父正望先生來哩。只此少待。小僧通報去。〔潔出見末科〕〔末云〕是好一個和尚呵。

〔迎仙客〕我則見他頭似雪。鬢如霜。面如童。少年得內養。貌堂堂。聲朗朗。頭直上只少個圓光。却便似捏塑來的僧伽像。

〔潔云〕請先生方丈內相見。夜來老僧不在。有失

北詞曲中間白之問荅甚少時本混增問語至云老相公棄世必有所遺止欲引起下句遂使老僧忽發無端

迎迓。望先生恕罪。〔末云〕小生久聞老和尚清譽。欲來座下聽講。何期昨日不得相遇。今能一見。是小生三生有幸矣。〔潔云〕先生世家何郡。敢問上姓大名。因甚至此。〔末云〕小生姓張。名珙。字君瑞。

〔石榴花〕大師一一問行藏。小生仔細訴衷腸。自來西洛是吾鄉。宦遊在四方。寄居咸陽。先人拜禮部尚書多名望。五旬上因病身亡。平生正直

俗問

待字襯字時本混刻徐王直删去之

儘着你二句俱恐其嫌輕之意徐改為儘教咱他則待并下語俱不白矣

無偏向止留下四海一空囊
〔鬪鵪鶉〕俺先人甚的是渾俗和光衠一味風清
月朗〔潔云〕先生此一行必上朝取應去〔末唱〕小
生無意求官有心待聽講小生特謁長老奈路
途奔馳無以相饋量着窮秀才人情則是紙半
張又没甚七青八黃儘着你說短論長一任待
掂斤播兩
逕禀有白銀一兩與常住公用畧表寸心望笑

有主張以下以意中事私心作謔也徐改作把小張與是理元人謔語自雅决無如此酸氣王反謂有主張爲謬可謂阿所好矣

留是幸。〔潔云〕先生客中何故如此〔末云〕物鮮不足辭。但充講下一茶耳。

〔上小樓〕小生特來見訪。大師何須謙讓〔潔云〕老僧决不敢受。〔末云〕這錢也難買柴薪不勾齋糧。且備茶湯。〔覷聽云〕這一兩銀。未爲厚禮你若有主張對艷粧將言詞說上。我將你衆和尚死生難忘。

〔潔云〕先生必有所請。〔末云〕小生不揣有懇因惡

徐本遠着上有怎生二字亦可然下有都皆停當而遠離靠近過數字語意俱明無二字亦無礙

旅邸冗雜早晚難以溫習經史欲假一室晨昏
聽講房金按月任意多少〔潔云〕敝寺頗有數間
任先生揀選〔末唱〕
〔玄篇〕也不要香積廚枯木堂遠着南軒離着東
墻靠着西廂近主廊過耳房都皆停當〔潔云〕便
不呵就與老僧同處何如〔末笑云〕要恁怎麽你
是必休題着長老方丈
〔紅上云〕老夫人着俺問長老幾時好與老相公

胡伶董詞作鶻鴒言伶俐也眼爲淥老今教坊中猶有

做好事。看得停當回話。須索走一遭去來。(見潔科)長老萬福。夫人使侍妾來問。幾時好與老相公做好事。着看的停當了回話。(末背云)好個女子也呵。

(脫布衫)大人家舉止端詳。全沒那半點兒輕狂。大師行深深拜了。啓朱唇語言的當。

(小梁州)可喜娘的龐兒淺淡粧。穿一套縞素衣裳。胡伶淥老不尋常。偷睛望。眼挫裏抹張郎。

此語董詞一雙録老
怏字舊本如此蓋此字宜平聲夫人怏即不令許放之意時本誤作央王擬改為強

（幺篇）若共他多情的小姐同鴛帳。怎捨得他疊被鋪床。我將小姐央。夫人怏。他不令許放。我親自寫與從良。

（潔云）二月十五日。可與老相公做好事。（紅云）妾與長老同去佛殿看了。却回夫人話。（潔云）先生請少坐。老僧同小娘子看一遭便來。（末云）何故却小生。便同行一遭。又且何如。（潔云）便同行。（末云）着小娘子先行。俺近後些。（潔云）一個有道理

的秀才（末云）小生有一句話說敢道麼（潔云）便
道不妨（末唱）
（快活三）崔家女艷妝莫不是演撒你個老潔郎
（潔云）俺出家人那有此事（末）既不沙却怎睃趂
着你頭上放毫光打扮的特來晃
（潔云）先生是何言語早是那小娘子不聽得哩
若知何是甚意思（紅上佛殿科）（末唱）
（朝天子）過得主廊引入洞房好事從天降我與

好模好樣向俗作本唱大謬本無唱躲

宅堂用韻一作院王作司皆非

治家嚴肅等語非生所樂聞故猶疑本之一時强口耳王謂跟前崛強皆淺有許多輕薄處

你看着門兒你進去（絜怒云）先生此非先王之法言豈不得罪于聖人之門乎老僧偌大年紀焉肯作此等之態（末唱）好模好樣忒莽撞沒則羅便罷煩惱則麽耶唐三藏怪不得小生疑你偌大一個宅堂可怎生別沒個兒郎使得梅香來說勾當（絜云）老夫人治家嚴肅內外並無一個男子出入（末背云）這禿廝巧說你在我行口強硬抵着頭皮撞

殊失生爾時語意

潔對紅云這齋供道場都完備了十五日請夫人小姐拈香末問云何故潔云這是崔相國小姐至孝爲報父母之恩又是老相公禫日就脫孝服所以做好事末哭科云哀哀父母生我劬勞欲報深恩昊天罔極小姐是一女子尚然有報父母之心小生湖海飄零數年自父母下世之後並不曾有一陌紙錢相報望和尚慈悲爲本小生亦備錢五千怎生帶得一分兒齋追薦

湯猶俗言撩着
元人多用之

俺父母咱便夫人知也不妨以盡人子之心〔潔云〕法聰與這先生帶一分者〔末背問聰云〕那小姐明日來麽〔聰云〕他父母的勾當如何不來〔末背云〕這五千錢使得有些下落者

〔四邊靜〕人間天上看鶯鶯強如做道場軟玉溫香休道是相親傍若能勾湯他一湯到與人消災障

〔潔云〕都到方丈吃茶〔做到科〕〔末云〕小生更衣咱

〔末出科云〕那小娘子已定出來也我則在這裏等待問他咱〔紅辭潔云〕我不吃茶了恐夫人惟來遲去回話也〔紅出科〕〔末迎紅娘祗揖科〕小娘子拜揖〔紅云〕先生萬福〔末云〕小娘子莫非鶯鶯小姐的侍妾麽〔紅云〕我便是何勞先生動問〔末云〕小生姓張名珙字君瑞本貫西洛人也年方二十三歲正月十七日子時建生並不曾娶妻〔紅云〕誰問你來〔末云〕敢問小姐常出來麽〔紅怒

云。先生是讀書君子。孟子曰。男女授受不親。禮也。君知瓜田不納履。李下不整冠。道不得個非禮勿視。非禮勿聽。非禮勿言。非禮勿動。俺夫人治家嚴肅。有氷霜之操。內無應門五尺之童。年至十二三者。非呼召不敢輙入中堂。向日鶯鶯潛出閨房。夫人窺之。召立鶯鶯于庭下。責之曰。汝爲女子。不告而出閨門。倘遇遊客小僧私視。豈不自耻。鶯立謝而言曰。今當改過從新。毋敢再犯是他親女。尚然如此。何況以下侍妾乎。先生習先王之道。尊周公之禮。不干已事。何故用心。早是妾身。可以容恕。若夫人知其事呵決無干休。今後得問的問。不得問的休胡說。（下）（末云）這相思索是害也。

（唱）（遍）聽說罷心懷悒怏。把一天愁都撮在眉尖上。說夫人節操凜冰霜。不召呼誰敢輙入中堂。自思想。比及你心兒裏畏懼。老母親威嚴。小姐

自是當行語徐文長不以爲好何足以知之

怪黃鶯二句誚夫人不諳見物類之雙對者而亦猜忌

呵。你不合臨去也回頭兒望待颭下教人怎颭。赤緊的情沾了肺腑。意惹了肝腸。若今生難得有情人。是前世燒了斷頭香。我得時節手掌兒裏奇擎。心坎兒裏温存。眼皮兒上供養。

（耍孩兒）當初那巫山遠隔如天樣。聽說罷又在巫山那廂。業身軀雖是立在迴廊。魂靈兒已在他行。本待要安排心事傳幽客。我子怕漏洩春光與乃堂。夫人怕女孩兒春心蕩。怪黃鶯兒作

耳王伯良謂指鶯春心蕩處則宜言羨言慕不宜言怨惟也且解之甚費添補

工貌徐本作容貌

非

對。怨粉蝶兒成雙。

（五煞）小姐年紀小。性氣剛。張郎倘得相親傍。乍相逢厭見何郎粉。看邂逅偷將韓壽香。纔到是未得風流況。成就了會溫存的嬌婿。怕甚麼能拘束的親娘。

（四煞）夫人忒慮過。小生空妄想。郎才女貌合相彷。一作訪 休直待眉兒淺淡思張敞。春色飄零憶阮郎。非是咱自誇獎。他有德言工貌。小生有恭儉溫

王伯良曰咽項二字連

徐文長曰言粉玉搓成一條咽項也

王本去此一段白将西廂根據盡抹殺矣况法本沒在何時下場耶

良。（三煞）想着他眉兒淺淺描。臉兒淡淡粧。粉香膩玉搓咽項。翠裙鴛繡金蓮小。紅袖鸞銷玉笋長。不想呵其實強。你撇下半天風韻。我拾得萬種思量。

却忘了辭長老。（見潔科）小生敢問長老房舍何如。（潔云）塔院側邊西廂一間房。甚是瀟灑。正可先生安下。見收拾下了。隨先生早晚來。（末云）小

徐士範曰此白語却自真境

徐士範曰此處微見痕跡

二語何元朗所摘以其太着相也只易一萬聲五千遍二襯語便妙矣

生便回店中搬去（潔云）既然如此老僧准備下齋先生是必便來（下）（末云）若在店中人鬧到好消遣搬在寺中靜處怎麽捱這凄涼也呵

（二煞）院宇深枕簟涼一燈孤影搖書幌縱然酧得今生志着甚支吾此夜長睡不着如翻掌少可有一萬聲長吁短嘆五千遍倒枕搥床

（尾）嬌羞花解語溫柔玉有香我和他乍相逢記不真嬌模樣我則索手抵着牙兒慢慢的想下

第三折

（正旦上云）老夫人着紅娘問長老去了。這小賤人不來我行回話。（紅上云）回夫人話了。去回小姐話去。（旦云）使你問長老幾時做好事。（紅云）恰回夫人話也。正待回姐姐話。二月十五日。請夫人姐姐拈香。（紅笑云）姐姐。你不知。我對你說一件好笑的勾當。喒前日寺裏見的那秀才。今日也在方丈裏。他先出門兒外。等着紅娘。深深唱

徐文長曰儍音洒輕慧貌宋人謂風流蘊藉為角故有角妓之名儍角是排調語

個喏道。小生姓張。名珙。字君瑞。本貫西洛人也。年二十三歲。正月十七日子時建生。並不曾娶妻。姐姐。却是誰問他來。他又問那壁小娘子。莫非鶯鶯小姐的侍妾乎。小姐常出來麼。被紅娘搶白了一頓呵。囘來了。姐姐。我不知他想甚麼哩。世上有這等儍角〔旦〕笑〔云〕紅娘。休對夫人說天色晚也。安排香案。咱花園內燒香去來〔下〕〔末上〕〔云〕搬至寺中。正近西廂居址。我問和尚每來

鬬鵪鶉首句元不用韻如後緑筆題詩夜去明来皆不用韻故用塵字非以負文誤入庚青也

小姐每夜花園內燒香。這個花園。和俺寺中合着。比及小姐出來。我先在太湖石畔墻角兒邊等待。飽看一會。兩廊僧衆都睡着了。夜深人靜。月朗風淸。是好天氣也呵。正是閑尋方丈高僧語。悶對西廂皓月吟。

越調鬬鵪鶉玉宇無塵。銀河瀉影。月色橫空。花陰滿庭。羅袂生寒。芳心自警。側着耳朶兒聽。躡着脚步兒行。悄悄冥冥。潛潛等等。

徐士範曰溲揣的猶云不意中

無非謂鶯難得等閑見面妄擬川此詁之徐云有影句張自况不通

(紫花兒序)等待那齊齊整整嬝嬝停停姐姐鶯鶯。一更之後。萬籟無聲。直至鶯庭。若是迴廊下溲揣的見俺可憎。將他來緊緊的摟定。則問你那會少離多。有影無形。

(旦引紅娘上云)開了角門兒。將香卓出來者。(末唱)

(金蕉葉)猛聽得角門兒呀的一聲。風過處花香細生。踮着脚尖兒仔細定睛。比我那初見時龐

此白全用董解元語

王伯良曰甫能二字作句

見越整。
〔旦云〕紅娘。移香卓兒近太湖石畔放者。〔末做看科云〕料想春嬌厭拘束。等閑飛出廣寒宮。看他容分一臉。體露半襟。嚲香袖以無言。垂羅裙而不語。似湘陵妃子。斜倚舜廟朱扉。如月殿嫦娥。微現蟾宮素影。是好女子也呵。
〔調笑令〕我這裏甫能。見娉婷。比着那月殿嫦娥也不恁般撐。遮遮掩掩穿芳徑。料應來小脚兒難行可喜娘的臉兒百媚生兀的不引了人䰟靈。

(旦云)取香來。(末云)聽小姐祝告甚麽。(旦云)此一炷香。願堂中老母。身安無事。此一炷香。願化去先人。早生天界此一炷香。(做不語科)(紅云)姐姐不祝這一炷香。我替姐姐禱告。願俺姐姐早尋一個姐夫拖帶紅娘咱。(旦再拜云)心中無限傷心事。盡在深深兩拜中。(長吁科)(末云)小姐倚欄

此後有增一么篇者語重複支離古本所無

長嘆似有動情之意

（小桃紅）夜深香靄散空庭簾幙東風靜拜罷也斜將曲欄凭長吁了兩三聲剔團圞明月如懸鏡又不是輕雲薄霧都則是香烟人氣兩般兒氤氳得不分明

我雖不及司馬相如我則看小姐頗有文君之意我且高吟一絕看他則甚月色溶溶夜花陰寂寂春如何臨皓魄不見月中人（旦云）有人墻

徐士範曰埋沒下字入神

角吟詩。（紅云）這聲音。便是那二十三歲不曾娶妻的那傻角。（旦云）好清新之詩。我依韻做一首。（紅云）你兩個是好做一首。（旦念詩云）蘭閨从寂寞。無事度芳春。料得行吟者。應憐長嘆人。（末云）好應酧得快也呵。

（禿厮兒）早是那臉兒上撲堆着可憎。那堪那心兒裏埋沒着聰明。他把那新詩和得忒應聲。一字字。訴衷情。甚聽。

元樂府葫蘆的伶懵懂惺惺的惜惺惺言人各有臭味也

生欲行鶯欲迎而紅在側故謂其淺情不做美便做道謹依來命言何不便依了我們意也謹依來命是成語故用之所取只一依字猶顧隨鞭鐙之類此曲家法徐

（聖藥王）那語句清。音律輕。小名兒不枉了喚做鶯鶯。他若是共小生廝覷定。隔墻兒酧和到天明。方信道惺惺的自古惜惺惺。

我撞出去。看他說甚麼。

（麻郎兒）我拽起羅衫欲行。（旦做見科）他陪着笑臉兒相迎不做美的紅娘忒淺情。便做道謹依來命。

（紅云）姐姐有人。咱家去來。怕夫人嗔着。（鶯回顧

改為不當箇而王强解云不當依夫人之命而促之去何啻千里

白日裡枉耽淒涼夜裡再整相思本明白徐祖殺一天好事二語竄改紛紛以白日為向日以再鏊為根匠而硬解四星為有下精想之胞中有僻也

（下）（末唱）

（幺篇）我忽聽一聲猛驚元來是撲刺刺宿鳥飛騰顫巍巍花稍弄影亂紛紛落紅滿徑

小姐你去了呵那裏發付小生

（絡絲娘）空撇下碧澄澄蒼苔露冷明皎皎花篩月影白日淒涼枉耽病今夜把相思再整

（東原樂）簾垂下戶已扃却纔個悄悄相問他那裏低低應月朗風清恰二更厮徯倖他無緣小

徐士範曰古人以二分半為一星四星言十分也

家淒凉而彼已進去即所謂不偢人非無笑相迎矣也

燈不明也是孤眠一條景徐改為不滅夫要滅亦何難

生薄命。僥倖有撓倖意有曉蹊意有可褻牽意有無着落意亦在可解不可解王解為戲弄非也僥落乃是欺負作弄之解耳

（綿搭絮）恰尋歸路。佇立空庭。竹梢風擺。斗柄雲横。呀今夜淒涼有四星。他不偢人待怎生。雖然是眼角傳情。咱兩個口不言心自省。

今夜甚睡到得我眼裏呵。

（拙魯速）對着盞碧熒熒短檠燈。倚着扇冷清清舊幃屏。燈兒又不明。夢兒又不成。窓兒外淅零零的風兒透疎櫺。忒楞楞的紙條兒鳴。枕頭兒

王伯良曰九北詞佳者必用俊語收之不獨西廂為然世人作南詞似少有知此處者

上孤另被窩兒裏寂靜你便是鐵石人鐵石人也動情

（幺篇）怨不能恨不成坐不安聽不寧有一日柳遮花暎霧障雲屏夜闌人靜海誓山盟恁時節風流嘉慶錦片也似前程美滿恩情咱兩個畫堂春自生

（尾）一天好事從今定一首詩分明照證再不向青瑣闥夢兒中尋則去那碧桃花樹兒下等下

王伯良曰兩烟字重以香烟對諷呪亦不能似有誤字

第四折

〔潔引聽上云〕今日二月十五日開啓。衆僧動法器者。請夫人小姐拈香。比及夫人未來。先請張生拈香。怕夫人問呵。則說道貧僧親者。〔末上云〕今日二月十五日。和尚請拈香須索走一遭。〔雙調新水令〕梵王宮殿月輪高碧琉璃瑞烟籠罩。香烟雲蓋結。諷呪海波潮。幡影飄颻諸檀越盡來到。

王誦壽高宜作壽考此無不可但言本調首句末字當用上聲則未確也本傳槐影風搖暮

〔駐馬聽〕法鼓金鐸二月春雷響殿角鐘聲佛號半天風雨灑松梢侯門不許老僧敲紗窗外定有紅娘報害相思的饞眼腦見他時須看個十分飽

〔末見潔科〕〔潔云〕先生先拈香恐夫人問呵則說是老僧的親〔末拈香科〕

〔沉醉東風〕惟願存在的人間壽高亡化的天上逍遙爲曾祖父先靈禮佛法僧三寶焚名香暗

鴉王魁負桂英劇云人間語天聞若雷追韓信劇云幹功名千難萬難王妙妙哭秦少游劇云虛飄飄接着短篇武陵春詞云瑶華細分明舞袖人月重圓劇云同宿在紗廚絳綃用平聲者不可勝舉豈皆無法者耶

中禱告則願得紅娘休劣夫人休焦犬兒休惡佛囉早成就了幽期密約（總是痴心禱佛之語王去早成就了而改為和尚每回施㘵云以此祈和尚每回施恐矣）（夫人引旦上云）長老請拈香小姐暫走一遭（末做見科）（覷聽云）爲你志誠呵神仙下降也（聽云）這生却早兩遭兒也（末唱）

（鴈兒落）我則道這玉天仙離了碧霄元來是可意種來清醮小子多愁多病身怎當他傾國傾城貌

妖嬈面龐洛麗苗條身軀嬝娜各相配故自妥帖王顛轉之且為之說不敢以為然

〔得勝令〕恰便似檀口點櫻桃。粉鼻兒倚瓊瑤。淡白梨花面。輕盈楊柳腰。妖嬈。滿面兒撲堆着俏。苗條。一團兒衠是嬌。

〔潔云〕貧僧一句話。夫人行敢道麼。老僧有個敝親。是個飽學的秀才。父母亡後。無可相報。對我說。央及帶一分齋。追薦父母。貧僧一時應允了。恐夫人見責。〔夫人云〕長老的親。便是我的親。請來厮見咱。〔末拜夫人科〕〔衆僧見旦發科〕

徐士範曰呆僗是
鄉語

稔色二句疊呼鶯
之詞怕人知道與
下句意連惟怕人
知故偷睢也

撓字王以為上去
二音平聲與此字
及以周德清韻中
有之為元人相沿
之誤竟改為孫且
云世謂伎女為孫
兒夫妓女之解自
如此撓痳之撓非

〔喬牌兒〕大師年紀老法座上也凝眺舉名的班首眞呆僗覷着法聰頭做金磬敲

〔甜水令〕老的小的村的俏的沒顛沒倒勝似鬧元宵稔色人兒可意冤家怕人知道看時節淚眼偷瞧

〔折桂令〕着小生迷留沒亂心痒難撓哭聲兒似鶯囀喬林淚珠兒似露滴花梢大師也難學把一個發慈悲的臉兒來朦着擊磬的頭陀懊惱

猱也看錢奴劇云撓不著心上癢也此撓字韻書在下平四豪河川云無韻中注又奴巧切則上聲者耳

北詞惟一人唱忽叅二旦每唱一曲非體裁後人妄添入耳折桂令竟接入碧玉簫亦是合調但不敢遽刪

添香的行者心焦燭影風搖香靄雲飄貪看鶯鶯燭滅香消

〔潔云〕風滅燈也〔末云〕小生點燈燒香〔旦與紅云〕那生忙了一夜

〔錦上花〕外像兒風流青春年少內性兒聰明冠世才學扭揑着身子兒百般做作來往向人前賣弄俊俏〔紅云〕我猜那生黃昏這一回白日那一覺窓兒外那會鑊鐸到晚來向書幃裏比及

因大家動火而喧嚷故張曰此乃我所好也恁須不奪人之好因古有君子不奪人之好語故引此為諢元人机局多如此王謂張生不得致其私款故云殊未得

睡着千萬聲長吁。捱不到曉。

〔末云〕那小姐好生顧盼小子。

〔碧玉簫〕情引眉梢。心緒你知道。愁種心苗。情思我猜着。暢懊惱。響鐺鐺雲板敲。行者又嚎。沙彌又哨。恁須不奪人之好。

〔潔與衆僧發科動法器了潔搖鈴跪宣疏了燒紙科〕〔潔云〕天明了也。請夫人小姐回宅。〔末云〕再做一會也好。那裡發付小生也呵。

唱道是三字是鴛鴦煞本色追韓信劇唱道是惆悵功名漢宮秋劇唱道是衍立多時可證徐王本删之緣不觧耳

此有絡絲娘尾者因四折之辭已完故復為引下之詞結之是高前第二本也此非復扮色人口中語乃自為衆伶人打散語猶說詞家有分交以下之類是其衍院本家數王謂是場

〔鴛鴦煞〕有心爭似無心好多情却被無情惱勞攘了一宵月兒沉鐘兒響鷄兒叫唱道是玉人歸去得疾好事收拾得早道場畢諸人散了酩子裏各歸家葫蘆提鬧到曉〔並下〕

〔絡絲娘煞尾〕則爲你閑月羞花相貌少不得剪草除根大小

題目　老夫人閑春院　崔鶯鶯燒夜香

正名　小紅娘傳好事　張君瑞鬧道場

揮引帶之詞而削去大無識矣

西廂記第一本終

西廂記第一本解證

楔子

子母孤孀途路窮 徐文長云既云窮則中間軟玉屏珠簾玉鉤等句亦當避忌夫所謂窮只此遭喪旅櫬便是窮處賓白中路途有阻是也豈相公家貲一無所攜而言窮耶吳越語自以貧爲窮耳古人何嘗以窮字訓貧字阮籍車跡所窮輒慟哭而返豈亦以囊無錢耶可笑

第一折

望眼 一作醉眼亦可然王伯良引杜詩及他劇確證其爲醉眼彼望眼獨無出處耶

蠹魚似 猶言蠹魚般也後錦片也似亦然

顛不刺 舊解爲美人名固非徐及王解云顛輕狂也不刺方言助語顛不刺句反起可喜句言輕狂者見了萬千似鶯鶯之凝重可喜者少儘人調戲三句正見凝重處殆之不刺爲北方助語則是而其解則非也顛不刺詞中用之不少如顛不刺情理是難甘顛不刺喬症候等語豈亦以顛爲輕狂而反起可喜耶繹其意似言没頭腦没正經之意如葫蘆提醅子裡之類可解不可解之間湯臨川邯鄲記中顛不刺自裁剗用得合若依徐解則下解舞腰肢四語豈亦贊其凝重耶卽嚲香肩而笑撚花亦非凝重氣象矣

腼腆 上忙扁切下他璉切中原音韻並載先天韻中元曲多有之金線池劇使不着撒腼

腆可證今俗謂羞澁靦䩄者猶有此聲王伯良易以面靦引詩有靦面目爲證而謂字書無靦字不知曲中元不用靦字時本自誤刻耳若作面則從去竟無此二字音矣

南海水月觀音現 徐以朱氏本作院以爲對家字工而改之幷改南海爲海南以對河中工則工矣然自來無海南水月之語況實甫慣用董解元詞董云我恰纔見水月觀音現正直取其句不以爲對爲工耳舊本作現不敢喜新而從徐也

第二折

小姐央 即央及也與紅娘討分上也倘其不肯我自寫與之甚明而徐解云商量得中不知何謂

從良奴婢贖身爲從良今世猶有行此法者倡家小倩亦皆然寫與從良便是惜其爲侍女故云郎欲善嫁之之意徐解云未免有得隴望蜀之意則張乃自認牧幸之爲從良耶若自用亦復何須寫

睃趂着你頭上放毫光猶俗云眼里放得火出也徐與王伯良各有解皆迂拙

煩惱則麼耶唐三藏舊本元自如此盖元人則麼子麼怎麼若一樣解今本不知其解而改爲怎麼固不必爲徐解者偶見舊爲則麼耶遂妄謂亦是僧名而曰言大師非則麼耶唐三藏之比滛慾在所不免何用嗔巳之戲謔更可笑煩惱則麼耶正言何用煩惱

唐三藏即謂稱法本煩惱則麼耶唐三藏猶息怒波卓文君學去波漢司馬與別本免禮波雙通叔熱忭也沈東陽之類一樣句法也今如徐解則煩惱二字如何連接且云何用嗔巳之戲詭仍是煩惱則麼之解矣或果有僧名則麼耶亦決不如是用也況無考者乎皆好爲異說而不通者王伯良不從有見

第三折

不恁般撑 言姮娥亦未必如此撑達也元本時有此語兩世姻緣雜劇云看了他容顏兒實是撑此句盖用董解元便是月殿嫦娥也没恁地撑也徐本改爲不恁般爭註曰不爭差也又曰您爭言不與你爭如云不我欺也謬其義而強爲之解自相支離

四星舊解爲十分未知何處然揣其義不過言其甚也徐解乃曰古人釘秤末稍用四星四星謂下稍也兩世姻緣雜劇云比卓文君有了下稍沒了四星是言有上稍沒下稍也今夜雖凄凉然隔墻酹和是有下稍矣其説如此玩本折尾聲語氣此説近似然詞中有却遮了北斗杓兒柄這凄凉有四星樂府愁煩迭万埃凄凉有四星玉鏡臺劇云折莫你發作我半生我也恐得四星又當作何解恐又非有下稍之説可通耳要之十分之意爲是或曰天南地北參辰卯酉四星盖此星朝暮不得相見詞家往往用爲阻隔之義意或少近耳

第四折

犬兒休惡此本無可疑徐本犬兒上添崔家的三字評云有此方妥可笑之甚犬之

警吹礙人幽期故禱之耳此時張初至寺中未到崔家書院豈止崔家者休惡而寺中餘犬皆可任其嗥吼耶況崔家止寓寺中耳豈别有一種崔家犬非寺中犬耶前謂其途路窮玉鈎珠簾皆非所攜而獨牽相府中舊犬豢養之耶穿鑿鄙陋可爲粟肌

稔色人兒可意冤家怕人知道看時節淚眼偷瞧

上二句連呼鶯言鶯鶯欲看已而怕人知道故淚眼偷瞧意本明白但以腔調所限倒此看時節三字在下耳徐改冤家爲他家而曰生指自已言可意我又怕·人知道故瞧我只偷瞧夫以張生自指而代鶯鶯稱他家恐世無此等文理乃反以冤家爲没理謂與下文無干夫詞中稱所歡爲冤家其常也是豈詈語而與下不相接耶又一古本無可意二字直作他家怕人

知道雍熙樂府亦作他怕人知道亦自直截但甜水令本調一少二字一少三字耳

鑊鐸方言猶言囉唣鬧攘之類燈詞有聽的社火鑊鐸後庭花雜劇有鑊鐸殺了五臟神曲江池雜劇階垓下鬧鑊鐸元人用之不一而足舊解爲徃來固非徐解爲寺中鈴鐸謬甚

元曲時用白中語
作曲以為照應因
此飛虎口中有眉
黛等語故後夫人
亦云與而鶯曲云

西廂記第二本

崔鶯鶯夜聽琴雜劇

元　王實甫　填詞

第一折

〔孫飛虎上開〕自家姓孫。名彪。字飛虎。方今唐德宗即位。天下擾攘。因主將丁文雅失政。彪統着五千人馬鎮守河橋。近知先相公崔珏之女鶯鶯眉黛青顰蓮臉生春。有傾國傾城之貌。西子

述之耳時本刪去
則後来夫人之語
何所自又有并夫
人亦無白者則鶯
奈何忽自替耶

太真之色現在河中府普救寺借居我心中想
來當此擾攘之際主將尚然不正我獨廉何哉
大小三軍聽吾號令人盡銜枚馬皆勒口連夜
進兵河中府擄鶯鶯爲妻是我平生願足〔下〕〔潔
慌上〕誰想孫飛虎將半萬賊兵圍住寺門鳴鑼
擊鼓吶喊搖旗欲擄鶯鶯小姐爲妻我今不敢
違悞即索報知夫人走一遭〔下〕〔夫人上慌云〕如
此却怎了俺同到小姐臥房里商量去〔下〕

首二句不用韻怎可然首句儘多用韻者雍熙樂府中花遮翠擁香霧飄霞燭影搖紅嬲皇望長安劇云中秋夜閑寶篆烟消玉漏聲殘天寶遺事引開元至尊舞按霓裳政失君臣又中華大唐四海家冠萬里梯航是也

（旦引紅上云）自見了張生神魂蕩漾情思不快茶飯少進。早是離人傷感。況值暮春天道。好煩惱人也呵。好句有情聯夜月。落花無語怨東風。

（仙呂）（八聲甘州）懨懨瘦損。早是傷神。那值殘春。羅衣寬褪。能消幾度黄昏。風裊篆烟不捲簾。雨打梨花深閉門。無語凭闌干。目斷行雲。

（混江龍）落紅成陣。風飄萬點正愁人。池塘夢曉。欄檻辭春。蝶粉輕沾飛絮雪。燕泥香惹落花塵。

三詠蝶詞春光艷陽人意細徑花柳濃妝則兩句俱用韻矣此曲亦然王謂不用韻而從徐本之多愁雖不妨然舊本却是傷神

蘭麝薰盡句連非薰字句而盡字連下也

王伯良曰穩諸本作寧係唐清韻非登臨句七字句襯二字

繫春〔情〕光短柳絲長隔花陰人遠天涯近香消了六朝金粉清減了三楚精神

王伯良欲易香消為消瘦金粉為烟粉不為無見

〔紅云〕姐姐情思不快我將被兒薰得香香的睡些兒〔旦唱〕

〔油葫蘆〕翠被生寒壓繡裀休將蘭麝薰便將蘭麝薰盡則索自溫存昨宵個錦囊佳製明勾引今日個玉堂人物難親近這些時坐又不安睡又不穩我欲待登臨又不快閑行又悶每日價

一作悶

首句宜仄（平可）仄平平仄（平可）仄平（仄可）乃襯頭兒二字者王本謂襯兒字而反去上字便不合調

氣分猶言氣談金線池劇年紀小酒是有氣分年紀老無人問羅李郎劇顯耀男兒氣分其意可想王作聲勢解猶近然以為名分之分酸甚

情思睡昏昏（登臨又不快閑行又悶董詞乃道張生者移為鶯語殊非女人本色）

〔天下樂〕紅娘呵我則索搭伏定鮫綃枕頭兒上盹但出閨門影兒般不離身〔紅云〕不干紅娘事老夫人着我跟着姐姐來〔旦云〕俺娘也好沒意思這些時直恁般隄防着人小梅香伏侍的勤老夫人拘繫的緊則怕俺女孩兒折了氣分〔紅云〕姐姐往常不會如此無情無緒自會見了張生姐姐坐不安睡不寧却是如何〔旦唱〕

把針兒句言把針兒將線引過去本旨不礙王謂將字與把字礙而去之則須言把針兒引線乃可線引便不通矣

徐士範曰西廂詞多用兒字于情近于事暫故是當家

〔那吒令〕知道我見個外人氳的早嗔但見個客人厭的倒褪獨見了那人兜的便親想着他昨夜詩依前韻酧和得清新

〔鵲踏枝〕吟得句兒勻念得字兒真詠月新詩煞強似織錦廻文誰肯把鍼兒將線引向東鄰通個慇懃

一本無知字

〔寄生草〕想着文章士旖旎人他臉兒淸秀身兒俊性兒溫克情兒順不由人口兒裏作念心兒

文章士徐改為風流，容貌旖旎即風流也，仍舊本為是

今本去此卒子高叫一段白後來將伽藍火內焚及傳望燒比等語俱無着矣

裏印學得來一天星斗煥文章不枉了十年窻下無人問。不由人即不覺的一意言便身子做不得主也今人常於人下添不字不惟不知其本而視字用四點非體

〈飛虎領兵上圍寺科下〉〈卒子內高叫云〉寺裏人聽者。限你們三日內將鶯鶯獻出來與俺將軍成親。萬事干休。三日之後不送出伽藍盡皆焚燒僧俗寸斬不留一個。

〈夫人聽得就敲門了〉〈紅看了云〉姐姐。夫人和長老來到房門外。且見了科〉〈夫人云〉孩兒你知道

那埚兒裏那所在也人急偎親是成語

土雨董解元記中語滿空紛紛土雨言人馬皆來而塵土紛起如雨也戰英布劇亦有紛紛戰土雨句俗作吐謬

麼如今孫飛虎將半萬賊兵圍住寺門道你眉黛青顰蓮臉生春似傾國傾城的太眞要擄你做壓塞夫人孩兒怎生是了也〔旦唱〕

〔六幺序〕聽說罷魂離了殼見放着禍滅身將袖稍兒搵（一作心）不住啼痕好教我去住無因進退無門可着俺那埚兒裏人急偎親孤孀子母無投奔（此下可以疊四字句不拘多少）赤緊的先亡過了有福之人耳邊廂金鼓連天振征雲冉冉土雨紛紛

王伯良曰風聞胡云四字二節那廝每三字係襯字云不用韻然前後麻郎兒三句各叶者不同則沒那諸葛孔明言道得沒那諸葛孔明他却要做出博望燒屯事來云人下語每如與王玄則沒那而易以則麼言甚麼孔明牽強非作者意徐易以那里也亦不必

（幺篇）那廝每風聞胡云道我眉黛青顰蓮臉生春。恰便似傾國傾城的太真。兀的不送了他三百僧人半萬賊軍。半霎兒敢剪草除根。這廝每於家為國無忠信恣情的擄掠人民。更將那天宮般蓋造焚燒盡。則沒那諸葛孔明。便待要博望燒屯

一本無每字

此下原可以疊作四字句不拘多少

（夫人云）老身年六十歲。不為壽夭。奈孩兒年少。早羅此大難如之奈何。（旦云）孩兒有一計想來

此調若作後庭花則後代孫三字不宜平韻宜爲後識者是耳定後代孫以上爲元和令調自叶但以下爲後庭花則本調不全乃

將我身獻與賊漢爲妻。庶可免一家兒性命。（夫人哭云）俺家無犯法之男。再婚之女。怎捨得你獻與賊漢。却不辱沒了俺家譜。（潔云）俺同到法堂兩廊下。問僧俗有高見者。俺一同商議個長便。（同到法堂科）（夫人云）小姐却是怎生。（旦云）不如將我獻與賊人。其便有五。

（後庭花）第一來免摧殘老太君。第二來免堂殿作灰燼。第三來諸僧無事得安存。第四來先君

謂後庭花可增減不
知後庭花亦止斷絕了
愛弟親以下三字為節
者可多演數語非可
任意增減也金白嶼作
元和令帶後庭花不
為無見
徐文長曰不行從
亂軍言不從軍其
害如此
生忿與生分同猶
劣嶮也詳解證中

靈柩穩。第五來懽郎雖是未成人(歡)俺呵。打甚麼不緊。(旦)須是崔家後代孫。鶯鶯爲惛巳身。不

行從着亂軍。諸僧衆汚血痕。將伽藍火內焚。先靈爲細塵。斷絕了愛弟親。割開了慈母恩。

(㭊葉兒)呀將俺一家兒不留一個齠齔。待從軍

又怕辱沒了家門。我不如自練套頭兒尋個自

盡。將我屍櫬。獻與賊人。也須得個遠害全身。

(青哥兒)母親你做了鶯鶯生忿。對傍人一言難

按後庭花本調此句止未成人是正字

王以此二句與上次序不相應而倒轉之不思前首言老太君靈

末言慈母恩何嘗一一照序耶

此句休愛惜便含下意非復如前款欵賊人也俗人不觧而添一好歹將家歟與賊人罷一句白便與辱家門而尋自盡戾矣不揀何人以下四字疊句可以添多首尾之調自不可易王謂此調字句亦可增減與本譜不同未知其深者

盡你今更莫情鶯鶯這一身。憑孩兒別有一計。不揀何人建立功勳。殺退賊軍。掃蕩妖氛。倒陪家門。情願與英雄結婚姻。成秦晉。(夫人云)此計較可。雖然不是門當戶對。也強如陷于賊中。長老在法堂上高叫。兩廊僧俗。但有退兵之策的。倒陪房奩。斷送鶯鶯與他爲妻。(潔叫了住)(末鼓掌上云)我有退兵之策。何不問我。(見夫人了)(潔云)這秀才便是前日帶追薦的秀

徐士範曰白語亦自關鍵

才。〔夫人云〕計將安在〔末云〕重賞之下必有勇夫

賞罰若明其計必成〔旦背云〕只願這生退了賊

者〔夫人云〕恰纔與長老說下但有退得賊兵的

將小姐與他爲妻〔末云〕既是恁地休諕了我渾

家請入臥房裏去俺自有退兵之策〔夫人云〕小

姐和紅娘回去者〔旦對紅云〕難得此生這一片

好心

〔賺煞尾〕僧伴各逃生衆家眷誰偢問這生不相

王伯良曰横枝非正枝也非親非故乃曰豕能退兵是所謂横枝着緊也嚇蠻書信蓋小說家有李翰林醉草嚇蠻書以為李太白有是事故往、用之元劇用事正不必正史有也徐以為下燕以舊解李左車教韓信下燕為證可謂信傅蔙經矣即果為下燕何不道魯仲連聊城書乎

識横枝兒着緊。非是書生多議論。也隄防着玉石俱焚。雖然是不關親。可憐見命在逡巡。濟不濟權將秀才來儘。果若有出師表文。嚇蠻書信張生呵。則願得筆尖兒横掃了五千人。（下）

楔子

（夫人云）此事如何。（末云）小生有一計。先用着長老。（潔云）老僧不會厮殺。請秀才別換一個。（末云）休慌。不要你厮殺。你出去與賊漢說。夫人本待

便將小姐出來送與將軍柰有父喪在身不爭鳴鑼擊鼓驚死小姐也可惜了將軍若要做女婿呵可按甲束兵退一射之地限三日功德圓滿脫了孝服換上顏色衣服倒陪房奩定將小姐送與將軍不爭便送來一來父服在身二來于軍不利你去說來〔本云〕三日如何〔末云〕有計在後〔潔朝鬼門道呌科〕請將軍打話〔飛虎卒上云〕快送出鶯鶯來〔潔云〕將軍息怒夫人使老僧

來與將軍說。〔說〕如前了〔飛虎云〕既然如此。限你
三日後若不送來。我着你人人皆死。個個不存。
你對夫人說去。恁的這般好性兒的女婿。教他
招了者。〔潔云〕賊兵退了也。三日後不送出去。便
都是死的。〔末云〕小子有一故人。姓杜名確。號爲
白馬將軍。見統十萬大兵。鎮守着蒲關。一封書
去。此人必來救我。此間離蒲關四十五里。寫了
書呵。怎得人送去。〔潔云〕若是白馬將軍肯來。何

首二句襯不念不禮二字元曲甚有襯作七字者然三字是本調王謂與碧雲天調不同非也

盧孫飛虎。俺這裏有一個徒弟。喚做惠明。則是要吃酒廝打。若使央他去。定不肯去。須將言語激着他。他便去。【末喚云】有書寄與杜將軍。誰敢去。誰敢去。【惠明上唱】

【正宮】【端正好】不念法華經。不禮梁皇懺。颩（音丢）了僧伽帽。袒下我這偏衫。（依作偏紅衫非）殺人心逗起英雄膽。兩隻手將烏龍尾鋼椽揝。

【滚繡毬】非是我貪。不是我敢。知他怎生喚做打

爁羅檐切平聲陽韻王以為音不叶而改為燂豈未攷韻耶

休調唉言休調此等與我吃黍待將就人肉饅頭也俗本俱作謑誤

忝大踏步直殺出虎窟龍潭。非是我攙不是我
攙。這些時吃菜饅頭委實口淡。五千人也不索
炙煿煎爁。腔子裏熱血權消渴。肺腑內生心且
解饞。有甚膩臢。
（吶吶令）浮沙羹寬片粉添些雜糝。酸黃虀爛豆
腐休調唉。萬餘斤黑麵從教喑。我將這五千人
做一頓饅頭餡。是必休悮了也麼哥。休悮了也
麼哥。包殘餘肉把青鹽醮。

昝字上聲彖也此句宜反韻而諸本作喒則平聲矣王從朱本為俺亦疑其宜反耳不知反韻自有昝字也

〔絜云〕張秀才着你寄書去蒲關。你敢去麽。〔惠唱〕
〔倘秀才〕你那裏問小僧敢去也那不敢。我這裏啓大師用昝也不用昝。你道是飛虎將聲名播斗南。那厮能淫欲。會貪婪。誠何以堪。
〔末云〕你是出家人。却怎不看經禮懺。則厮打為何。〔惠唱〕
〔滚繡毬〕我經文也不會談。逃禪也懶去參。戒刀頭近新來鋼蘸。鐵棒上無半星兒土漬塵緘。別

有勇無懃惠明自負之言甚明徐改爲懃註云謂杜師勇且智也何謂呂看上下文此時何與推許杜師耶捍棒鏤叉徐作桿杖失之言寺中無兵杖故各執所有猶夫擎幢幡也之有謀論盖本董解元或拏着切菜刀

的都僧不僧俗不俗女不女男不男則會齋的飽也則向那僧房中胡渰那裏怕焚燒了兜率伽藍則爲那善文能武人千里憑着這濟困扶危書一緘有勇無懃

〔末云〕他倘不放你過去如何〔惠云〕他不放我呵你放心

〔白鶴子〕着幾個小沙彌把幢幡寶盖擎壯行者將捍棒鏤叉擔你排陣脚將衆僧安我撞釘子

捍麵杖等語未然桿棒鑊又亦是寺中所有非軍器也不改亦可

勘即砍元人每用之王謂板下来以巴之頭而勘之不知巴之頭如何勘

把賊兵來探。

（二）遠的破開步將鐵棒颩近的順着手把戒刀

釤（音衫去聲）有小的提起來將脚尖踢（踢字書所無宜作撞）有大的扳下來把

髑髏勘。俗本無二有字○髑髏今人詈人之頭猶云然王謂是死人之頭骨以為非而改作撒摟謂方言頭也亦多事矣

（二）聦一聦古都都翻了海波滉一滉厮琅琅振

動山巖。脚踏得赤力力地軸搖。手扳得忽刺刺

天關撼。

（耍孩兒）我從來駁駁劣劣。世不曾忑（音忒）忑忐（吐膽切）忐打

常居一猶言常美承第一也

熬成不厭天生敢。我從來斬釘截鐵常居一。不似恁惹草拈花沒掂三。劣性子人皆慘。捨着命提刀仗劍。更怕甚勒馬停驂。

(二)我從來欺硬怕軟。喫苦不甘。你休只因親事胡撲俺。若是杜將軍不把干戈退。張解元干將風月擔。我將不志誠的言詞賺倘或紕繆。倒大羞慚。

(惠云)將書來。你等回音者。

繡旗下徐改為繡旛開謂即上擎幢旛之旛也亦可然既曰遥見則此繡旗乃飛虎軍中者故亦不必改

（收尾）恁與我助威風擂幾聲鼓仗佛力吶一聲喊繡旗下遥見英雄俺我教那半萬賊兵唬破膽（下）

（末云）老夫人長老都放心此書到日必有佳音咎眼覷旌節旗耳聽好消息你看一封書札逡巡至半萬雄兵咫尺來（並下）

（杜將軍引卒子上開）林下晒衣嫌日淡池中濯足恨魚腥花根本艷公卿子虎體鴛班將相孫

自家姓杜。名確。字君實。本貫西洛人也。自幼與君瑞同學儒業。後棄文就武。當年武舉及第。官拜征西大將軍。正授管軍元帥。統領十萬之衆。鎮守着蒲關。有人自河中來。聽知君瑞兄弟在普救寺中。不來望我。着人去請。亦不肯來。不知主甚意。今聞丁文雅失政。不守國法。剽掠黎民。我為不知虛實。未敢造次興師。孫子曰。凡用兵之法。將受命於君。合軍聚衆。圮地無舍。衢地交合。絶地無留。圍地則謀。死地則戰。途有所不由。
軍有所不擊。城有所不攻。地有所不爭。君命有
所不受。故將通於九變之利者。知用兵矣。治兵
不知九變之術。雖知五利。不能得人用矣。吾之
未疾進兵征討者。爲不知地利淺深出沒之故
也。昨日探聽去不見回報。今日升帳。看有甚軍
情。來報我知道者。〔卒子引惠明和尚上開〕惠明
云〕我離了普救寺。一日至蒲關。見杜將軍走一

遣（卒報科）（將軍云）着他過來。（惠打問訊了云）貧
僧是普救寺。今有孫飛虎作亂。將半萬賊兵圍
住寺門。欲刼故臣崔相國女爲妻。有遊客張君
瑞奉書。令小僧拜投于麾下。欲求將軍以解倒
懸之危。（將軍云）將過書來。（惠投書了）（將軍折書
念曰）珙頓首再拜大元帥將軍契兄纛下。伏自
洛中。拜違犀表。寒暄屢隔。積有歲月。仰德之私。
銘刻如也。憶昔聯床風雨。嘆今彼各天涯。客況

復生于肺腑離愁無慰于羈懷念貧處十年蔡
藿走困他鄉羨威統百萬貔貅坐安邊境故知
虎體食天祿瞻天表大德勝常使賤子慕台顏
仰台翰寸心爲慰輙禀小弟辭家欲詣帳下以
叙數載間闊之情奈至河中府普救寺忽值採
薪之憂不期有賊將孫飛虎領兵半萬欲刼故
臣崔相國之女實爲迫切狼狽小弟之命亦在
逡巡萬一朝廷知道其罪何歸將軍倘不棄舊

此處俗本有惠明唱賞花時二段金白嶼謂周憲王增西廂賞花時其意似謂不止此藏晉叔謂止此是其筆然憲王所撰儘可過元不學究庸俗

交之情。與一旅之師。上以報天子之恩。下以救蒼生之急。使故相國雖在九泉。亦不泯將軍之德。願將軍虎視去書。使小弟鵲觀來旄。造次干瀆。不勝慚愧。伏乞台照不宣。張珙再拜。二月十六日書。(將軍云)既然如此。和尚你行。我便來。(惠明云)將軍是必疾來者。(將軍云)雖無聖旨發兵將在軍。君命有所不受。大小三軍。聽吾將令。速點五千人馬。人盡銜枚。馬皆勒口。星夜起發。直

乃爾其本原無故不載聊附之解證中

至河中府普救寺救張生走一遭（引卒子上開將軍引卒子騎竹馬調陣拿綁下）（夫人潔同末上云）下書巳兩日。不見回音（末云）山門外吶喊摇旗莫不是俺哥哥軍至了（末見將軍了）（引夫人拜了）（將軍云）杜確有失防禦致令老夫人受驚切勿見罪是幸（末拜將軍了）自別兄長台顔一向有失聽教今得一見如撥雲覩日（夫人云老身子母如將軍所賜之命將何補報（將軍云不敢。此乃職分之所當爲。敢問賢弟因甚不至戎帳。（末云）小弟欲來。柰小疾偶作。不能動止。所以失敬。今見夫人受困。所言退得賊兵者。以小姐妻之。因此愚弟作書請吾兄。（將軍云）既然有此姻緣。可賀可賀。（夫人云）安排茶飯者。（將軍云）不索。倘有餘黨未盡。小官去捕了。却來望賢弟。左右那裏去斬孫飛虎去。（拿賊了）本欲斬首示眾。具表聞奏。見丁文雅失守之罪。恐有未叛者。

今將爲首各杖一百。餘者盡歸舊營去者。(孫飛虎謝了下)(將軍云)張生建退軍之策。夫人面許結親。若不違前言淑女可配君子也。(夫人云)恐小女有辱君子。(末云)請將軍筵席者。(將軍云)我不喫筵席了。我回營去。異日却來慶賀。(末云)不敢久留兄長。有勞台候。(將軍望蒲關起發)(衆念云)馬離普救敲金鐙。人望蒲關唱凱歌。(下)(夫人云)先生大恩。不敢忘也。自今先生休在寺裏下。

則着僕人寺內養馬。足下來家內書院裏安歇。我已收拾了。便搬來者。到明日畧備草酌。着紅娘來請你。是必來一會。別有商議。（末云）這事都在長老身上。（問潔云）小子親事。未知何如。（潔云）鶯鶯親事。擬定妻君。只因兵火至。引起雨雲心。（下）（末云）小子收拾行李。去花園裏去也。（下）

第二折

（夫人上云）今日安排下小酌。單請張生酬勞。道

酸浮妙自是元人賓白

淨倈本作盡是真文韻非

與紅娘疾忙去書院中請張生着他是必便來休推故(下)(末上云)夜來老夫人說着紅娘來請我却怎生不見來我打扮着等他皂角也使過兩個也水也換了兩桶也烏紗帽擦得光掙掙的怎麼不見紅娘來也呵(紅娘上云)老夫人使我請張生我想若非張生妙計呵俺一家兒性命難保也呵

(中呂)(粉蝶兒)半萬賊兵捲浮雲片時掃淨俺一

琖筵朱石津本改為帶烟共和月對徐解云早閑閣以待客也亦有致然恐不如琖筵之自然作者正未必如是字字比對耳

家兒死裏逃生。舒心的列山靈陳水陸。張君瑞合當欽敬。當日所望無成。誰想一緘書到為了媒證。

〔醉春風〕今日個東閣琖筵開。煞強如西廂和月等。薄衾單枕有人温。早則不冷冷。受用足寶鼎香濃。繡簾風細。緑窗人靜。不冷冷上冷字句下冷字一字成句此曲本調此句當用韻中疊字餘倣此

可早來到也。

〔脫布衫〕幽僻處可有人行。點蒼苔白露冷冷。隔

楊用修曰角帶鬧黃鞓俗作傲黃鞓非京師有鬧裝帶白樂天詩親王帶鬧裝薛田詩三鬧裝成子弟鞓

窓兒咳嗽了一聲（紅敲門科）（末云）是誰來也（紅云）是我。他啓朱唇急來荅應（末云）拜揖小娘子。（紅唱）
（小梁州）則見他叉手忙將禮數迎我這裏萬福先生。烏紗小帽耀人明。白襴淨。角帶傲黃鞓。
（幺篇）衣冠濟楚龐兒整（整俗作俊犯真文非）可知道引動俺鶯鶯據相貌。憑才性。我從來心硬。一見了也留情。
（末云）旣來之。則安之。請書房內說話。小娘子此

可早鶯々三句正指上白席上有鶯鶯姐々麽一問乃王謂家請而忙應若鶯々呼之當如何喏々連聲耶則可早跟前等字如何着落牽強可笑

行爲何(紅云)賤妾奉夫人嚴命特請先生小酌數杯勿卻(末云)便去便去敢問席上有鶯鶯姐姐麽(紅唱)

(上小樓)請字兒不曾出聲去字兒連忙荅應可早鶯鶯根前姐姐呼之喏喏連聲秀才每聞道請恰便似聽將軍嚴令和他那五臟神願隨鞭鐙

(幺篇)第一來爲壓驚第二來因謝承不請街坊

欠如字不讀歉詳解證中

無非發其過于打扮王謂識其酸共油又說夢矣

不會親降。不受人情。避衆僧。請老兄。和鶯鶯匹聘。(末云)如此小生歡喜。(紅)則見他歡天喜地謹依來命。

(末云)小生客中無鏡。敢煩小娘子看小生一看何如。(紅唱)

(滿庭芳)來回顧影。文魔秀士。風欠酸丁。下工夫將額顱十分掙。遲和疾擦倒蒼蠅。光油油耀花人眼睛。酸溜溜螫得人牙疼。(末云)夫人辦甚麼

此調即有緣才思能相會無緣對面不相逢之大意也徐王皆支離分疏不必

請我。(紅)茶飯已安排定。淘下陳倉米數升。煠下七八碗軟蔓青。(末云)小生想來。自寺中一見了小姐之後。不想今日得成婚姻。豈不爲前生分定。(紅云)姻緣非人力所爲。天意爾。

(快活三)昝人一事精百事精一無成百無成世間草木本無情。自古云地生連理木。水出並頭蓮。他猶有相兼併。

才子二句是私念其美而評之若此極自明白王註葛藤可笑

誰無信行志誠因問鶯信行而護詞以答耳徐謂紅自述己德而王又曲為之解皆可笑

王伯良曰無乾淨無盡極也陳懷高臥劇但卧時一年

（朝天子）休道這生年紀兒後生恰學害相思病天生聰俊打扮素淨奈夜夜成孤另才子多情佳人薄倖兀的不擔閣了人性命（末云）你姐姐果有信行（紅）誰無一個信行誰無一個志誠恁兩個今夜親折證我囑付你咱

（四邊靜）今宵歡慶軟弱鶯鶯可曾慣經你索款款輕輕燈下交鴛頸端詳可憎好煞人也無乾

半載無乾淨黑旋風劉這一場雪寃報恨無乾淨可證

爭。

（末云）小娘子先行。小生收拾書房便來。敢問那裏有甚麼景致。（紅云）

（耍孩兒）俺那裏落紅滿地胭脂冷。休孤負了良辰媚景。夫人遣妾莫消停。請先生勿得推稱。俺那裏准備着鴛鴦夜月銷金帳。孔雀春風軟玉屏。樂奏合歡令。有鳳簫象板。錦瑟鸞笙。

（末云）小生書劍飄零。無以為財禮。却是怎生。（紅

愽入聲作平王以為反聲不叶而改作明為何謬也

約定聘定之禮元劇多有之鶯鶯彼劇當初也無紅定可也無謬誣

唱

（四煞）聘財斷不爭。婚姻事有成。新婚燕爾安排慶。你明博得跨鳳乘鸞客。我到晚來臥看牽牛織女星。休傒倖。不要你半絲兒紅線。成就了一世兒前程。

（三煞）憑着你滅寇功。舉將能。兩般兒功效如紅定。為甚俺鶯娘心下十分順。都則為君瑞胸中百萬兵。越顯得文風盛。受用足珠圍翠繞。結果

了黃卷青燈

（二煞）夫人只一家老兄無伴等為嫌繁冗尋幽靜（末云）別有甚客人（紅）單請你個有恩有義閑中客且迴避了無事無非窓下僧夫人的命道足下莫教推托和賤妾即便隨行

（末云）小娘子先行小生隨後便來（紅唱）

（收尾）先生休作謙夫人專意等常言道恭敬不如從命休使得梅香再來請（下）

梅香依作紅娘非

下回分解時本作去時怎麼寧蓋意味王又自刪之單羨王本作讀羨而云亦詳不知彼自見誤刻者耳

（末云）紅娘去了。小生搬上書房門者。我比及到得夫人那裏。夫人道。張生。你來了也。飲幾杯酒去臥房內和鶯鶯做親去。小生到得臥房內。和姐姐解帶脫衣。顛鸞倒鳳。同諧魚水之歡。共效于飛之願。覷他雲鬟低墜。星眼微朦。被翻翡翠襪繡鴛鴦。不知性命何如。且看下回分解。（笑云）單羨法本好和尚也。只憑說法口。遂却讀書心。

（下）

第三折

（夫人排卓子上云）紅娘去請張生。如何不見來。（紅見夫人云）張生着紅娘先行。隨後便來也。（末上見夫人施禮科）（夫人云）前日若非先生。焉得見今日。我一家之命。皆先生所活也。聊備小酌。非爲報禮。勿嫌輕意。（末云）一人有慶。兆民賴之。此賊之敗。皆夫人之福。萬一杜將軍不至。我輩皆無免死之術。此皆往事。不必掛齒。（夫人云）將

酒來先生滿飲此盃(末云)長者賜少者不敢辭
(末做飲酒科)(末把夫人酒了)(夫人云)先生請坐
(末云)小子侍立座下尚然越禮焉敢與夫人對
坐(夫人云)道不得個恭敬不如從命(末謝了坐)
(夫人云)紅娘去喚小姐來與先生行禮者(紅朝
鬼門道喚云)老夫人後堂待客請小姐出來哩
(旦應云)我身子有些不停當來不得(紅云)你道
請誰哩(旦云)請誰(紅云)請張生哩(旦云)若請張

篆烟徐本妄改串烟前一折解證中已有辨王前亦作篆烟而此忽從串烟且引梧桐雨漢宮秋諸劇為証及查彼本仍是篆字不知何僻而必欲強更之以申徐說

生。扶病也索走一遭。（紅發科了）（旦上）免除崔氏全家禍。盡在張生半紙書。

（雙調）（五供養）若不是張解元識人多。別一個怎退干戈。排着酒果列着笙歌篆。烟微花香細散滿東風簾幙。救了咱全家禍殷勤呵正禮欽敬呵當合。

（新水令）恰纔向碧紗窗下畫了雙蛾。拂拭了羅衣上粉香浮污。則將指尖兒輕輕的貼了鈿窩

徐士範曰嬌养喬態不覺有名

僂科今本俱作僂儸

知他命福如何知他畧斷本自明白徐增一家字而曰他家猶言你家何解且言比人鄉語說已而曰家和你

若不是驚覺人呵。猶壓着繡衾臥。
〔紅云〕覷俺姐姐這個臉兒吹彈得破。張生有福
也呵。〔旦〕唱
〔幺篇〕沒查沒利謊僂科。你道我宜梳粧的臉兒
吹彈得破。〔紅云〕俺姐姐天生的一個夫人的樣
兒〔旦〕你那裏休聒。不當一個信口開合。知他命
福是如何。我做一個夫人也做得過。〔紅云〕往常
兩個都害。今日早則喜也。〔旦〕唱

比人心未嘗然不知何見

（喬木查）我相思爲他。他相思爲我。從今後兩下裏相思都較可。酬賀間禮當酬賀。俺毋親也好心多。

（紅云）敢着小姐和張生結親呵。怎生不做大筵席。會親戚朋友。安排小酌爲何。（旦云）紅娘你不知夫人意。

（攪箏琶）他怕我是陪錢貨兩當一便成合。據着他舉將除賊。也消得家緣過活。費了甚一股那。

一股那爲句用韻那酌耶字解曲中多有此句法猶世說公是韓伯休那汝欲作詠德信那

俗本脫字句便非韻徐王說之而改為甚麼以就韻且云下句是古那故俗誤為古然元曲祇有大古里猶古自無古那之語此乃鶯自言我那動了腳才點轉眼看他誰想他已瞧破謊得我倒趓極白明白時本作是唱改恰待作只見其意謂秋波不宜鶯自稱不知秋波是詞家語只當得眼字若是生則正要撞見豈怕其瞧破而倒躲耶查舊惟蕸本同今徐王

便待要結絲羅。休波省人情的奶奶忒慮過。恐怕張羅。張羅元語即多羅猶俗言把凋了弄大了之謂詞中有圖甚苦張羅可證正與上省人情意反

（末云）小子更衣咱。（做撞見旦科）（旦唱）

慶宣和　門兒外簾兒前將小腳兒那我恰待目轉秋波誰想那識空便的靈心兒早瞧破諕得我倒趓倒趓

（末見旦科）（夫人云）小姐近前拜了哥哥者（末背云）呀聲息不好了也（旦云）呀俺娘變了卦也（紅

二本皆是

荆棘列等語諸解詳解證中

即〻世〻婆〻鶯鶯嫁〻哥〻正以疊字暗對此自可襯字王伯良謂于本調多二字非也本傳得勝令七字八字九字者正自不少

王伯良曰双眉鎖對比目魚納合對分破酷寒亭劇槐後門、將三黃鎖納合

(云)這相思又索害也。(旦唱)

(鴈兒落)荆棘刺怎動那。死沒騰無回豁。措支刺不對答。軟兀剌難存坐。

(得勝令)誰承望這即即世世老婆婆。着鶯鶯做妹妹拜哥哥。白茫茫溢起藍橋水。不鄧鄧點着祆廟火。碧澄澄清波。撲刺刺將比目魚分破。急攘攘因何。扢搭地把雙眉鎖納合。

(夫人云)紅娘看熱酒。小姐與哥哥把盞者。(旦唱)

相見話偏多成語參反言之故曰俺可甚王解為夫人之多辭說便與上下文何干
徐士範曰攧窨鄉語琵琶記終朝攧窨

〔甜水令〕我這裏粉頸低垂蛾眉頻蹙芳心無那俺可甚相見話偏多星眼朦朧檀口嗟咨攧窨不過這席面兒暢好是烏合〔旦〕把酒科〔夫人央科〕〔末云〕小生量窄〔旦云〕紅娘接了臺盞者〔折桂令〕他其實嚥不下玉液金波誰承望月底西廂變做了夢裏南柯淚眼偷淹酩子裏揾濕香羅他那裏眼倦開軟癱做一垛我這裏手難

掭不起肩窩亦歎意王改為不着無解

嘍囉即花言巧語之意亦要字之意詳解證

王伯良曰咫尺句一連唱下間字勿斷調法如此

擡穪不起肩窩。病染沉痾。斷然難活。則被你送了人呵。當甚麼嘍囉。〔夫人云〕再把一盞者。〔紅遞了盞〕〔紅背與旦云〕姐姐。這煩惱怎生是了。〔旦唱〕

〔月上海棠〕而今煩惱猶閑可。久後思量怎柰何。有意訴衷腸。爭柰母親側坐。成抛趓。咫尺間如間闊。

〔幺篇〕一杯悶酒尊前過。低首無言自摧挫。不甚

不甚醉叵與却早
嬾相應依本但作
不堪不思以句弟
二字須反聲乃合
調

黒閣落比人鄉語
合猶然
没頭之鵞陪錢之
貨語意自對王伯
良註頭鵞非不博
要未免飾經謎傳
詳解証中

醉顔酡却早嫌玻璃盞大從因我酒上心來覺可。〔夫人云〕紅娘送小姐卧房裡去者。〔旦〕辭末出科〕

〔旦云〕俺娘好口不應心也呵。

〔喬牌兒〕老夫人轉關兒没定奪啞謎兒怎猜破黒閣落甜話兒將人和。請將來着人不快活

〔江兒水〕佳人自來多命薄秀才每從來懦悶殺没頭鵞撇下陪錢貨。下塲頭那答兒發付我

笑呵呵都做了淚痕何等妙語徐改為笑做便如嚼蠟

胭脂徐王俱作脂唇

鄧鄧俗作澄誤

〔殿前歡〕恰纔個咲呵呵。都做了江州司馬淚痕多。若不是一封書將半萬賊兵破。俺一家兒怎得存活。他不想結姻緣想甚麽。到如今難着莫。老夫人謊到天來大。當日成也是您個母親。今日敗也是您個蕭何。

〔離亭宴帶歇拍煞〕從今後玉容寂寞梨花朶。胭脂淺淡櫻桃顆。這相思何時是可。昏鄧鄧黑海來深。白茫茫陸地來厚。碧悠悠青天來闊。太行

太行山般高東洋海般深猶夫蟲魚似不出一樣句法也舊評謂全不成語不知曲家調法耳

前程元劇中語即姻緣即終身即結果之義錦片也似前程言錦片一樣的前程即好姻緣之謂徐解曰前程向前光景也豈不呆殺

山般高仰望東洋海般深思渴毒害的恁麼俺娘呵將顫巍巍雙頭花蕋槎香馥馥同心縷帶割長攙攙連理瓊枝挫白頭娘不負荷青春女成擔閣將俺那錦片也似前程蹬脫俺娘把甜句兒落空了他虛名兒悞賺了我〔下〕

〔末云〕小生醉也告退夫人根前欲一言以盡意未知可否前者賊寇相追夫人所言能退賊者以鶯鶯妻之小生挺身而出作書與杜將軍庶

幾得免夫人之禍。今日命小生赴宴。將謂有喜慶之期。不知夫人何見。以兄妹之禮相待。小生非圖哺啜而來。此事果若不諧。小生卽當告退。〔夫人云〕先生縱有活我之恩。奈小姐先相國在日曾許下老身姪兒鄭恒。卽日有書赴京喚去了。未見來。如若此子至。其事將如之何。莫若多以金帛相酬。先生揀豪門貴宅之女。別爲之求。先生台意若何。〔末云〕既然夫人不與。小生何慕金帛之色却不道書中有女顏如玉則今日便索告辭（夫人云）你且住者今日有酒也紅娘扶將哥哥去書房中歇息到明日咱别有話說（紅扶末科）（末念）有分只熬蕭寺夜無緣難遇洞房春（紅云）張生少喫一盞却不好（末云）我吃甚麼來（末跪紅科）小生為小姐晝夜忘餐廢寢魂勞夢斷常忽忽如有所失自寺中一見隔墻酬和迎風帯月受無限之苦楚甫能得成就婚姻夫

人變了卦。使小生智竭思窮。此事幾時是了。小娘子。怎生可憐見小生將此意申與小姐。知小生之心。就小娘子前解下腰間之帶。尋個自盡〔末念〕可憐刺股懸梁志。險作離鄉背井鬼。〔紅云〕街上好賤柴。燒你個傻角。你休慌。妾當與君謀之。〔末云〕計將安在。小生當築壇拜將。〔紅云〕妾見先生有囊琴一張。必善于此。俺小姐深慕于琴。今夕妾與小姐同至花園內燒夜香。但聽咳嗽

爲令先生動操看小姐聽得時說甚麽言語却將先生之言達知若有話說明日妾來回報這早晚怕夫人尋我回去也（下）

第四折

（末上云）紅娘之言深有意趣天色晚也月兒你早些出來麽（焚香了）呀却早發擂也呀却早撞鍾也（做理琴科）琴呵小生與足下湖海相隨數年今夜這一場大功都在你這神品金徽玉軫

本調止是影裏情郎畫兒愛寵餘俱襯字王謂末句襯

蛻復斷紋嶧陽焦尾冰絃之上天那却怎生借得一陣順風將小生這琴聲吹入俺那小姐玉琢成粉捏就知音的耳朶裏去者(旦)引紅上紅(云)小姐燒香去來好明月也呵(旦云)事已無成燒香何濟月兒你團圓呵咱却怎生

(越調鬪鵪鶉)雲斂晴空冰輪乍湧風掃殘紅香堦亂擁離恨千端閑愁萬種夫人那靡不有初鮮克有終他做了個影兒裏的情郎我做了個

畫兒裏的愛寵。

紫花兒序 則落得心兒裏念想。口兒裏閑題。則索向夢兒裏相逢。俺娘昨日個大開東閣。我則道怎生般炮鳳烹龍。朦朧。可教我翠袖慇懃捧玉鍾。却不道主人情重。則爲那兄妹排連。因此上魚水難同。

紅云 姐姐。你看月闌。明月敢有風也。旦云 風月天邊有。人間好事無。

(小桃紅)人間看波玉容深鎖繡幃中。怕有人攛弄。想嫦娥西没東生有誰共。怨天宮裴航不作遊仙夢。這雲似我羅幃數重。只恐怕嫦娥心動因此上圍住廣寒宮。

(紅做咳嗽科)(末云)來了。(做理琴科)(旦云)這甚麼響。(紅發科)(旦唱)

(天淨沙)莫不是步搖得寶髻玲瓏。莫不是裙拖得環珮玎咚。莫不是鐵馬兒簷前驟風。莫不是

控王改為鳳且曰雙鳳故響瓊鈎敲簾獨不能響耶

王以夜撞鐘句第二字當用平声用不得去声而泛徐本妄改為声鐘不思撞字從童者鋤霜切本平声也惟泛重者則去声耳豈未攷韻書耶

兒女語小窓中皆三字句本調也徐增私字王去語字皆不合

金鈎雙控吉丁當敲響簾櫳。

（調笑令）莫不是梵王宮。夜撞鐘。莫不是疎竹瀟瀟曲檻中。莫不是牙尺剪刀聲相送。莫不是漏聲長滴響壺銅。潛身再聽在牆角東。元來是近西廂理結絲桐。

（禿廝兒）其聲壯。似鐵騎刀鎗冗冗。其聲幽。似落花流水溶溶。其聲高。似風清月朗鶴唳空。其聲低。似聽兒女語。小窓中。喁喁。

（聖藥王）他那裏思不窮。我這裏意已通。嬌鸞雛鳳失雌雄。他曲未終。我意轉濃。爭奈伯勞飛燕各西東。盡在不言中。

我近書窗聽咱。（紅云）姐姐。你這裏聽。我瞧夫人一會便來。（末云）窗外是有人。已定是小姐。我將弦改過。彈一曲。就歌一篇。名曰鳳求凰。昔日司馬相如得此曲成事。我雖不及相如。願小姐有文君之意。（歌曰）有美人兮。見之不忘。一日不

懂北語省得也與此字宜平聲而改舊本皆作懂王改為融雖叶不敢從疑是憧字之誤耳

見兮思之如狂鳳飛翩翩兮四海求凰無奈佳人兮不在東墻張弦代語兮欲訴衷腸何時見許兮慰我彷徨願言配德兮携手相將不得于飛兮使我淪亡【旦云】是彈得好也呵其詞哀其意切淒淒然如鶴唳天故使妾聞之不覺淚下

【麻郎兒】這的是令他人耳聽訴自己情衷知音者芳心自懂感懷者斷腸悲痛懂一古本作懂注感覩未知的否

【幺篇】這一篇與本宮始終不同又不是清夜聞

此俱鶯聽其言而意中自語非與生言也俗本添出生白似相問答者大謬

鐘。又不是黃鶴醉翁。又不是泣麟悲鳳。

〔絡絲娘〕一字字更長漏永。一聲聲衣寬帶鬆。別恨離愁變做一弄。張生呵。越教人知重。

〔末云〕夫人且做忘恩。小姐你也說謊也呵〔旦云〕你差怨了我。

〔東原樂〕這的是俺娘的機變。非干是妾身脫空。若由得我呵乞求得効鸞鳳。俺娘無夜無明併女工。我若得些兒閑空。張生呵。怎教你無人處

作誦猶作念無人處作誦猶言背地里說豕也俗作作俑謬

凊字標字本調原不用韻亦失韻也何元朗謂之亦大憒〻苦海回頭劇移高刻羽流徵旋宮心隨流水志在高山漫乃知音絕了絃知機詞門迎童稚架滿琴書固盈倉積水色山光被俺閑人每結攬絕皆甚後眉黛遠山四句亦與法即用韻者自不少甚亦必用韻者也

把妾身作誦。

〔綿搭絮〕疎簾風細。幽室燈清。都則是一層兒紅紙。幾榥（榥俗作幌謬甚）兒疎欞。兀的不是隔着雲山幾萬重。怎得個人來信息通。便做道十二巫峯。他也曾賦高唐來夢中。

〔紅云〕夫人尋小姐哩。咱家去來。〔旦〕唱

〔拙魯速〕則見他走將來氣冲冲。怎不教人恨匆匆。諕得人來怕恐。早是不曾轉動。女孩兒家直

因其響喉嚨故欲將他攔縱恐使夫人覺而怒也徐王謂恐紅于夫人處撥是非恐非鶯意

唧噥亦似攛掇之之意故以好歹不落空緊接欲生之住而權詞以緩之也舊解唧噥為多言不中未識確否

志誠種指張生意自明王謂鶯自指無是理

恁響喉嚨緊摩弄索將他攔縱則恐怕夫人行把我來厮葵送〔紅云〕姐姐則管里聽琴怎麽張生着我對姐姐說他回去也〔旦云〕好姐姐呵是必再着住一程兒〔紅云〕再說甚麽〔旦云〕你去呵

〔尾〕則說道夫人時下有人唧噥好共歹不着你落空不問俺口不應的狠毒娘怎肯着別離了志誠種〔並下〕

〔絡絲娘煞尾〕不爭惹恨牵情鬪引少不得廢寢

忘飡病證

題目　張君瑞破賊計　莽和尚生殺心

正名　小紅娘晝請客　崔鶯鶯夜聽琴

西廂記第二本終

西廂記第二本解證

第一折

篆烟 香烟之文屈曲如篆與梟字合竹塢聽琴劇寶篆氤氲爇金鼎折連環計劇爐焚着寶篆香誤入桃源劇焚盡金爐寶篆空赤壁賦劇雕盤霽篆香明皇望長安劇寶篆篆烟消元曲篆烟篆香篆餅寶篆之類用篆字者不少而徐本改爲串烟注曰挂香也後篆烟微亦然其意只爲寄居蕭寺止是佛前盤香串陋視崔家如前所云途路窮之見不化耳不思本曲有寶鼎香濃會真詩有衣香染麝豈亦可謂挂香耶

也是崔家後代孫 此是未盡之詞直貫下後二段者言歡郎雖小也是崔家

後代若不獻出便有不留齠亂之禍王伯良解謂我既獻與賊須不害及他而得爲崔家子孫迂拙牽強

即俗所謂生煞煞之意謂如上獻賊自盡

生忿等語疑我使性劣撇不知我有難言衷曲也下數語亦是女孩兒難啓齒者故耳元詞中生忿亦是戾氣之解金線池劇白中云有你這般生忿忤逆的曲即云非是我偏生忿還是你不關親對王杌劇白云別人家兒女孝順偏我家這等生分曲即云常言道毋慈悲兒孝順則爲你娘狠毒兒生分要知是孝順之反忤逆之類矣或曰生分忤逆也禍始于鶯故自言都做了是我的忤逆猶言孩兒不孝之意亦得徐解爲出位既無干又曰與前氣分之分同更不知何謂

楔子歷弦諸劇楔子止用仙呂賞花時或一或二及仙呂端正好一曲耳此獨竟以正宮諸曲演而成套若另爲一折然者此因欲寫惠明之壯勇難以一調盡而爲此變體耳近本竟去楔子二字則此劇多一折若併前八聲甘州爲一則一折二調尤非體矣

（仙呂賞花時）那廝擄掠黎民德行短將軍鎮壓邊廷機變寬他彌天罪有百千般若將軍不管縱賊冦騁無端

（么）便是你坐視朝廷將帝主瞞若是掃蕩妖氛着百姓歡干戈息大功完歌謠遍滿名譽到金

鑾此亦楔子也楔子無重見且一人之口必無再唱楔子之體周憲王故是當家手必不出此定係俗筆徐以前後白多去之覺冷淡而姑存之不知劇體正套前後原不妨白多者王伯良去之爲是

第二折

舒心的列山靈陳水陸張君瑞合當欽敬山靈水陸猶山珍海錯也列山靈陳水陸言開筵也舒心猶暢懷也爲其恩重暢懷排設皆是該的故曰合當欽敬意本一貫徐本改山爲仙而曰賊兵掃盡寺裡暢心可以列仙靈而陳水陸道場也豈不費飯前時道場已完崔家豈日日做道場耶寺本禪門卽作道場豈列仙靈揔認水陸二

字誤而見有刻仙字者遂傳會耳卽果爲仙靈要亦謂開筵擺設如今用仙糖之類詞中筵宴亦有用仙獅等語者必非道場也王伯良謂列仙靈之畫陳水陸之珎較是菩薩蠻劇白中云圖畫張掛百味珍羞水陸俱備便與此合

啟朱唇 徐本改爲朱扉言朱唇與隔窗句不叶夫啟朱唇不過言其啟口耳朱唇自是詞家語豈必面見而後知其唇之朱隔窗遂不可彷彿以爲有黑有白耶其議論拘而可笑至有謂啟蓬門而爲張生唱者此弋陽游腔醜態元非正音復何足駁

風欠酸丁 欠字俗傳以爲欠字音要此杜撰也唯傻角傻字宜如是讀耳詞中有本性謙謙到處于風欠蕭淑蘭劇改不了強文憿醋饑寒臉斷不了詩云子曰酸風欠原押廉纖

韻風欠方語兼風流風狂二意猶文魔之義自李日華南西廂奚去風字而徐本亦遂去之且爲欠酸丁之解竟不思滿庭芳首三句皆用四字耶卽南五供養二句亦須四字節如公公可憐俺的爹娘望你周全是也日華不宜昧律至此應是音伶誤沿之而并流禍及北矣

第三折

荊棘列怎動那死沒騰無回豁措支刺不對荅軟兀刺難存坐皆當時慣用方語詞中有顫篤速過嶺穿崖荊棘列登天下井搊是驚恐意妓乘馬詞有死沒騰瞎付呆打孩嗟吁搊是謊呆了看呆了之意詞中又有干支刺瘦肌膚詠皷云薄支刺趐似葭灰皆以支刺爲助語則措支刺不對荅亦是措不得詞之意

馬踐楊妃詞云把娘娘軟兀剌謊倒辰鈎月劇軟兀剌身體無絲力摠之軟意而兀剌助語也然則怎動那三字卽上荆棘列方言之注脚正不必另解矣徐本改死沒騰爲死木籐而解云荆棘列皮破也死木藤不動也揩文剌被剌也軟兀剌不安也不動不安意猶相近至皮破被剌更不知作何藝語矣且剌作辣音乃是剌耶此指鶯狀生爾時光景如此突作生唱亦謬

當甚麼嘍囉 藍采和劇吏典毎也逞不得嘍囉對玉梳劇拽大拳人而前逞嘍囉鄭孔目劇那孩兒靈便口嘍囉摭言載沈亞之嘗客游爲小輩所試曰某改令書俗各兩句伐木丁丁鳥鳴嚶嚶東行西行遇飯遇羹亞之荅曰如切如磋如琢如磨欺客打婦不當嘍囉觀此則其爲方言也久矣

徐解爲狡猾亦差近

佳人自來多命薄秀才每從來懦悶殺沒頭鵞撇下陪錢貨下塲頭那荅兒發付我此鶯自怨命薄而恨張生不出一語相爭故言悶殺沒頭鵞正見得秀才懦也舊解云諺云鵞寒揷翅鴨寒下水余謂鵞沒頭于毛中則不鳴一聲故以爲不敢出一語者之喻上借支刺不對荅是也陪錢貨鶯自指悶殺了他撇下了我爾時光景如此不知如何是我下塲頭也揔是怨憾之語徐本作紅唱而解沒頭鵞云頭鵞比人家之有家長鶯早喪其父故使雜亂無定向如沒頭鵞也撇下郎父死撇其女也不知此時如何說得到喪父豈紅娘孝心陡發耶牽强可笑又曰那里發付我見紅娘亦失望更可笑紅娘巽日豈別無所配定是鶯鶯幇身耶此一折俱鶯唱正不得雜以

生紅時本亦多有誤者以古本一人唱者賓白之下不復注所唱之人不知者遂以屬說白者而私意添注之耳

西廂記第三本

張君瑞害相思雜劇

元　王實甫　塡詞

〔楔子〕

〔旦上云〕自那夜聽琴後。更不復見張生。我如今着紅娘去書院裏。看他說甚麽。〔呌紅科〕〔紅上云〕姐姐喚我。不知有甚事。須索走一遭。〔旦云〕這般身子不快呵。你怎麽不來看我。〔紅云〕你想張〔旦云〕張甚麽。〔紅云〕我張着姐姐哩。〔旦云〕我有一件事。央及你咱。〔紅云〕甚麽事。〔旦云〕你與我望張生去走一遭。看他說甚麽。你來回我話者。〔紅云〕我不去。夫人知道不是耍。〔旦云〕好姐姐。我拜你兩拜。你便與我走一遭。〔紅云〕侍長請起。我去則便了。說道張生你好生病重。則俺姐姐也不弱。只因午夜調琴手。引起春閨愛月心。

〔仙呂〕〔賞花時〕俺姐姐鍼線無心不待拈。脂粉香

消懶去添春恨壓眉尖若得靈犀一點敢醫可
了病懨懨〔下〕
〔旦云〕紅娘去了看他回來説甚話我自有主意
〔下〕

第一折

〔末上云〕害殺小生也自那夜聽琴之後再不能
勾見俺那小姐我着長老説將去道張生好生
病重却怎生不見人來看我却思量上來我睡

鶯〻君瑞俱四字疊句可有可無句

些兒咱〔紅上云〕奉小姐言語着我看張生須索走一遭我想咱每一家若非張生怎存俺一家兒性命也

〔仙呂〕〔點絳唇〕相國行祠寄居蕭寺因喪事幼女孤兒將欲從軍死

〔混江龍〕謝張生伸志一封書到便興師顯得文章有用足見天地無私若不是剪草除根半萬賊險些兒滅門絕戶了俺一家兒鶯鶯君瑞許

多可少并可不用韻豆至成親事三字始入本調正句耳

王伯良曰潘郎杜韋娘二句參差不對帶圍句對鬢有絲俗本添一個二字謬甚

配雄雌夫人失信推托別詞將婚姻打滅以兄妹爲之如今都廢却成親事一個價糊突了胸中錦繡一個價淚揾濕了臉上胭脂

〔油葫蘆〕憔悴潘郎鬢有絲杜韋娘不似舊時帶圍寬清減了瘦腰肢一個睡昏昏不待觀經史一個意懸懸懶去拈針指一個絲桐上調弄出離恨譜一個花牋上刪抹成斷腸詩一個筆下寫幽情一個絃上傳心事兩下里都一樣害相

此等正不足猜解
以意得之可也

思。

天下樂 方信道才子佳人信有之 紅娘看時有些乖性兒則怕有情人不遂心也似此他害的有些抹媚（一作魔）我遭着沒三思一納頭安排着憔悴死。

却早來到書院裏我把唾津兒潤破窓紙看他在書房裏做甚麼。

村里迓鼓 我將這紙窓兒濕破悄聲兒窺視 多

睡起況味情緒声息俱元不用韻

王伯良曰依本謂五瘟使是亂氤使之誤渠自不識調五字當用仄聲用不得平聲也

管是和衣兒睡起羅衫上前襟褶裡孤眠況味淒涼情緒無人伏侍覷了他澁滯氣色聽了他微弱聲息看了他黃瘦臉兒張生呵你若不悶死多應是害死

（元和令）金釵敲門扇兒（末云）是誰（紅唱）我是個散相思的五瘟使俺小姐想着風清月朗夜深時使紅娘來探爾（末云）既然小娘子來小姐必有言語（紅唱）俺小姐至今胭粉未曾施念到有

嗤字用韻一字句下嗤字乃襯下句者

一千番張殿試
〔末云〕小姐既有見憐之心小生有一簡敢煩小娘子達知肺腑咱〔紅云〕只恐他番了面皮
〔上馬嬌〕他若是見了這詩看了這詞他敢顛倒費神思他拽扎起面皮來查得誰的言語你將來這妮子怎敢胡行事他可敢嗤嗤的扯做了紙條兒
〔末云〕小生久後多以金帛拜酬小娘子〔紅唱〕

饞窮徐王改爲挽弓以爲折白張亨後對奕中亦有娃挽弓語然舊本不然

徐文長曰二曲妙在一氣急急數去正與快口婢子動氣時傳神

〔勝葫蘆〕哎你個饞窮酸倈沒意兒賣弄你有家私莫不圖謀你東西來到此先生的錢物與紅娘做賞賜是我愛你的金貲

〔幺篇〕你看人似桃李春風墻外枝賣俏倚門兒我雖是個婆娘有氣志則說道可憐見小子隻身獨自恁的呵顛倒有個尋思

〔末云〕依着姐姐可憐見小子隻身獨自〔紅云〕兀的不是也你寫來咱與你將去〔末寫科〕〔紅云〕寫

得好呵。讀與我聽咱。〔末讀云〕珙百拜。奉書芳卿可人粧次。自別顔範。鴻稀鱗絶。悲愴不勝。孰料夫人以恩成怨。變易前姻。豈得不爲失信乎。使小生目視東墻。恨不得腋翅于妝臺左右。患成思渴。垂命有日。因紅娘至。聊奉數字以表寸心。萬一有見憐之意。書以擲下。庶幾尚可保養。造次不謹。伏乞情恕。後成五言詩一首。就書録呈。相思恨轉添。謾把瑶琴弄。樂事又逢春。芳心爾

徐士範曰不勾思三字可鑿詞傷神品
不勾思猶言不消思量滿言才有餘不勾他思索也董詞不打草不勾思可證徐王俱改為搆便索然
太甚曰煞今京師猶有此語徐王俱改為三無謂
顛倒至意兒俗作生唱謬甚

亦動此情不可違芳譽何須奉莫負月華明且憐花影重〔紅唱

〔後庭花〕我則道拂花牋打稿兒元來他染霜毫不勾思先寫下幾句寒溫序後題着五言八句詩不移時把花牋錦字疊做個同心方勝兒忒聰明忒煞思忒風流忒浪子雖然是假意兒小可的難到此煞思者有意思之思非思量之思也

〔青歌兒〕顛倒寫鴛鴦兩字方信道在心為志看

那人兒〻字用韻非襯字也青歌兒本調末句宜三字本傳成秦晉愁無奈悟真如劇瀉向紅蓮葉兒中菩薩種千里獨行劇漢室江山漸〻消兵頓倒馬東蘺小令云翡翠坡前那人家鰲山下皆可證徐王皆以兒字爲襯而去教字非調矣

喜怒其間覷個意兒放心波學士我願爲之並不推辭自有言詞則說道昨夜彈琴的那人兒教傳示

這簡帖兒我與你將去先生當以功名爲念休墮了志氣者

〔寄生草〕你將那偷香手准備着折桂枝休教那淫詞兒汚了龍蛇字藕絲兒縛定鵾鵬翅黃鶯兒奪了鴻鵠志休爲這翠幃錦帳一佳人悞了

有美玉于斯以成
語泛贊生耳徐謂
調文袋以為韞匵
而藏之致後王謂
珍重其書皆牽強

你玉堂金馬三學士。
(末云)姐姐在意者。(紅)放心放心。
(煞尾)沈約病多般。宋玉愁無二。清減了相思樣
子。喒眉眼傳情未了時。中心日夜藏之。怎敢因
而。有美玉於斯。我須教有發落歸着這張紙。憑
着我舌尖兒上說詞。更和這簡帖兒裏心事。管
教那人兒來探你一遭兒(下)
(末云)小娘子將簡帖兒去了。不是小生說口。則

是一道會親的符籙。他明日回話。必有個次第。且放下心。須索好音來也。且將宋玉風流策。寄與蒲東窈窕娘。（下）

第二折

（旦上云）紅娘伏侍老夫人。不得空。偌早晚敢待來也。困思上來。再睡些兒咱。（睡科）（紅上云）奉小姐言語。去看張生。因伏侍老夫人。未曾回小姐話去。不聽得聲音。敢又睡哩。我入去看一遭。

眀眸開目也本無可疑王謂誘費力而改為凝何謂且既以注視解凝而又曰朦朧未開不注視與朦朧亦遠

【中呂】【粉蝶兒】風靜簾閑。透紗窗麝蘭香散。啓朱扉搖響雙環。絳臺高。金荷小。銀釭猶燦。比及將暖帳輕彈。先揭起這梅紅羅軟簾偷看。

【醉春風】則見他釵嚲玉橫斜。（朱本作斜橫）髻偏雲亂挽。日高猶自不明眸。暢好是懶懶。【旦】做起身長嘆科【紅】【唱】半晌擡身。幾回搔耳。一聲長嘆。

我待便將簡帖兒與他。恐俺小姐有許多假處哩。我則將這簡帖兒。放在妝盒兒上。看他見了

嚲字是歌戈非寒山然舊本皆然豈亦可借音殫耶寒山中多殫嬋等字古字偏旁同者皆可叶如旂字叶斤嬋字叶單之類朕詞家未聞有之王改爲嚲是韻非旧本不敢逆
王伯良曰緋衣夢輒起來雲髻兒嚲偏嚲補不迭秋色王連環則嚲或又作殫音耶

說甚麼。（旦做照鏡科見帖看科）（紅唱）

（普天樂）曉粧殘烏雲嚲。輕勻了粉臉。亂挽起雲鬟。將簡帖兒拈。（拈字元不用韻非犯廉纖也）把粧盒兒按。開拆封皮孜孜看。（俗作拆開非也第二字宜仄）顛來倒去不害心煩。（旦怒叫）紅娘。（紅做意云）呀。決撒了也。厭的早扢皺了黛眉。（旦云）小賤人不來怎麼。（紅唱）忽的波低垂了粉頸。氲的呵改變了朱顏。

（旦云）小賤人。這東西那裏將來的。我是相國的

別人紅自指今俗猶有此語顛倒惡心煩即無頭惱不耐煩之意王謂使承去而顛倒作惱恐未是你不慣二句即以鶯白語而反詰之非眞言鶯慣也極明白王謂鶯原不

小姐誰敢將這簡帖來戲弄我我幾曾慣看這等東西告過夫人打下你個小賤人下截來【紅云】小姐使將我去他着我將來我不識字知他寫着甚麼

【快活三】分明是你過犯没來由把我摧殘使別人顛倒惡心煩你不慣誰曾慣

姐姐休鬧比及你對夫人説呵我將這簡帖兒去夫人行出首去來【旦做揪住科】我逗你耍來

西廂記五卷解證五卷附録一卷會真記一卷

眞慣而解爲你不慣看家不慣寄穿鑿甚

思量句王謂連下七字句而此四字二句爲變體非也乃襯一字耳

(紅云)放手看打下下截來(旦云)張生兩日如何(紅云)我則不說(旦云)好姐姐你說與我聽咱(紅唱)

(朝天子)張生近間面顏瘦得來實難看不思量茶飯怕見動憚曉夜將佳期盼廢寢忘飡黃昏清旦望東墻淹淚眼(旦云)請個好太醫看他証候咱(紅云)他証候吃藥不濟病(作平)患要安則除是出幾點風流汗

即把鶯白中意數演幾句言如與怕人怕夫人又問他危難怎的哄人上了竿去了梯見便是盖恨鶯亭班而反言以誚之也早

（旦云）紅娘不看你面時我將與老夫人看看他有何面目見夫人。雖然我家虧他只是兄妹之情。焉有外事。紅娘早是你口穩哩。若別人知呵甚麽模樣。（紅云）你哄着誰哩。你把這個餓鬼弄的他七死八活。却要怎麽。

（四邊靜）怕人家調犯。早共晚夫人見些破綻。你我何安。問甚麽他遭危難。攛斷得上竿。掇了梯兒看。（旦云）將描筆兒過來。我寫將去回他。着他

晚二句亦體鶯意中語如白所云將與老夫人看〻他有甚面顏之謂也徐王之辭俱費力甚

調犯即調舌擄斷即攛掇

脫布衫小梁州係正宮調滑遍要孩兒係般涉調本傳前後皆入中呂至中呂之滿庭芳快活三上小樓朝天子四邊靜又入正宮即元曲多有然者意此數調可互用耶

下次休是這般。(旦)做寫科)(起身科云)紅娘。你將去說。小姐看望先生。相待兄妹之禮如此。非有他意。再一遭兒是這般呵。必告夫人知道。和你個小賤人都有說話。(旦)擲書下)(紅唱)

(脫布衫)小孩兒家口沒遮攔。一迷(去聲)的將言語摧殘。把似你使性子休思量秀才做多少好人家風範。

(紅)做拾書科)

辰勾有三說皆載
解證中
角門不牢拴則便
私出入做夫妻也
意本明王解多費
轉折多費過文徐
謂中有爲鶯忌已
而怨之之意益遠
撮合山媒人也婚
姻筵席媒人與焉
故戲言筵席間整
備做不漏泄的媒
人王改轉你家字
而蛮解之甚拙

【小梁州】他爲你夢裏成雙覺後單廢寢忘湌羅衣不奈五更寒愁無限寂寞淚闌干

【幺篇】似這等辰勾空把佳期盼（一本勾下有月舦二字）我將這角門兒世不曾牢拴則願你做夫妻無危難我向這筵席頭上整扮做一個縫了口的撮合山

【紅云】我若不去來道我違拗他那生又等我回報我須索走一遭【下】【末上云】那書倩紅娘將去未見回話我這封書去必定成事這早晩敢待

言曉妝怕冷聽琴就不怕冷先生饌調成語也言聽琴時幾乎被他到了手也俗作驢閉口韻固非徐王作撰以爲戲耳亦造胡顏羞也曹植責躬應詔表云詩人胡顏之譏甚明徐云胡顏是及于亂不通

來也〔紅上〕須索回張生話去。小姐你性兒忒慣得嬌了有前日的心那得今日的心來〔石榴花〕當日個晚粧樓上杏花殘猶自怯衣單那一片聽琴心淸露月明間昨日個向晚不怕春寒幾乎險被先生饌那其間豈不胡顏爲一個不酸不醋風魔漢隔墻兒險化做了望夫山〔鬬鵪鶉〕你用心兒撥雨撩雲我好意兒傳書寄簡不肯搜自己狂爲則待要覓別人破綻受艾

古今是好字下二句正言其好處徐王作乾無謂

焙權時忍這番暢好是奸張生是兄妹之禮焉敢如此對人前巧語花言沒人處便想張生背地裏愁眉淚眼

(紅見末科)(末云)小娘子來了擎天柱大事如何了也(紅云)不濟事了先生休傻(末云)小生簡帖兒是一道會親的符籙則是小娘子不用心故意如此(紅云)我不用心有天理你那簡帖兒好聽

你娘元劇用字之常一作紅娘一作咱無味

赸教坊中語今猶然赸膙兒即厚顏之意則此赸字可想王謂北人謂走為赸舊註亦曰奔走也恐未是徐謂冷淡無指望亦近之

（上小樓）這的是先生命慳須不是紅娘違慢那簡帖兒到做了你的招狀（一作伏）他的勾頭我的公案若不是覷面顏厮顧盼擔饒輕慢先生受罪禮之當然賤妾何辜爭些兒把你娘拖犯（幺篇）從今後相會少見面難月暗西廂鳳去秦樓雲斂巫山你也赸我也赸請先生休訕早尋個酒闌人散（紅云）只此再不必申訴足下肺腑怕夫人尋我回去也（末云）小娘子此一遭去再

鶯每言告過夫人打下截故紅点只言老夫人徐王改為他意指鶯不思鶯實未嘗自言打之也

着誰與小生分剖。必索做一個道理。方可救得小生一命。〔末跪下揪住紅科〕〔紅云〕張先生是讀書人。豈不知此意。其事可知矣。

〔滿庭芳〕你休要呆里撒奸。你待要恩情美滿。却教我骨肉摧殘。老夫人手執着棍兒摩娑看。麄麻線怎透得鍼關。直待我拄着拐幫閑鑽懶縫合唇送暖偷寒。待去呵小姐性兒撮鹽入火。消息兒踏着泛。待不去呵。〔末跪哭云〕小生這一個

白之酸處正是元人伎倆處時本改削之便失本色

性命都在小娘子身上〔紅唱〕禁不得你甜話兒熱趲好着我兩下裏做人難

我沒來由分說小姐回與你的書你自看者〔末接科開讀科〕呀有這場喜事撮土焚香三拜禮畢早知小姐簡至理合遠接接待不及勿令見罪小娘子和你也歡喜〔紅云〕怎麼〔末云〕小姐罵我都是假書中之意着我今夜花園裏來和他哩也波哩也羅哩〔紅云〕你讀書我聽〔末云〕待月

社家猶言作家也俗本作杜徐引輟耕録有杜大伯猜詩謎証其爲杜非古本不敢從

西廂下。迎風戶半開。隔牆花影動。疑是玉人來。〔紅云〕怎見得他着你來。你解與我聽咱。〔末云〕待月西廂下。着我月上來。迎風戶半開。他開門待我隔墻花影動。疑是玉人來。着我跳個墻來。〔紅笑云〕他着你跳過墻來。你做下來。端的有此說麽。〔末云〕俺是個猜詩謎的社家。風流隋何。浪子陸賈。我那裏有差的勾當。〔紅云〕你看我姐姐在我行也使這般道兒。道兒方語元曲中多有休着了道兒等語水滸傳李逵云着了兩遭道兒可証王增一乖字贅

女字邊干折白奸字

王伯良曰李公垂鶯〻歌云金雀鵶鬟年十七俗改了鬟謬甚

〔耍孩兒〕幾曾見寄書的顛倒瞞着魚鴈小則小心腸兒轉關寫着道西廂待月等得更闌着你跳東墻女字邊干元來那詩句兒裏包籠着三更棗簡帖兒裏埋伏着九里山他着緊處將人慢恁會雲雨鬧中取靜我寄音書忙裏偷閑

〔四煞〕紙光明玉板字香噴麝蘭行兒邊湮透非春汗一緘情淚紅猶濕滿紙春愁墨未乾從今後休疑難放心波玉堂學士穩情取金雀鴉鬟

甜言二句諺語也。故對不警。徐本作娟你以對傷人。則警矣。然元人用此二句。又有作甜言與我者。不知竟當何從。為頭看。從頭看也。今本作西頭。非。

〔三煞〕他人行別樣的親。俺根前取次看。更做道孟光接了梁鴻案。別人行甜言美語三冬暖。我根前惡語傷人六月寒。（一作九夏寒亦妙）我為頭兒看。看你個離䰐倩女。怎發付擲果潘安。

〔末云〕小生讀書人。怎跳得那花園過也。〔紅唱〕

〔二煞〕隔墻花又低。迎風戶半拴。偷香手段今番按。怕墻高怎把龍門跳。嫌花密難將仙桂攀。放心去休辭憚。你若不去呵。望穿他盈盈秋水。蹙

只此一段白自是元人手筆

損了淡淡春山。

〔末云〕小生曾到那花園裏。已經兩遭。不見那好處。這一遭知他又怎麼〔紅云〕如今不比往常。

〔煞尾〕你雖是去了兩遭。我敢道不如這番。你那隔墻酬和都胡侃。證果的是今番這一簡。

〔紅下〕〔末云〕萬事自有分定。誰想小姐有此一場好處。小生是猜詩謎的社家。風流隋何。浪子陸賈。到那裏抓扎幫便倒地。今日頹天百般的難得晩天你有萬物于人何故爭此一日疾下去波讀書繼晷怕黄昏不覺西沉強掩門欲赴海棠花下約太陽何苦又生根〔看天云〕呀纔餉午也再等一等又看咱今日萬般的難得下去也呵碧天萬里無雲空勞倦客身心恨殺太陽貪戰不教紅日西沉呀却早倒西也再等一等咱無端三足烏團團光爍爍安得后羿弓射此一輪落謝天地却早日下去也呀却早發擂也呀

却早揰鍾也。搜上書房門。到得那里。手挽着垂楊。滴流撲跳過墻去。〔下〕

第三折

〔紅上云〕今日小姐着我寄書與張生。當面偌多般意兒。元來詩內暗約着他來。小姐也不對我說。我也不瞧破他。則請他燒香。今夜晚粧處比每日較別。我看他到其間怎的瞞我。〔紅喚科〕姐姐。咱燒香去來。〔旦上云〕花陰重疊香風細。庭院深沉淡月明。〔紅云〕今夜月明風清好一派景致也呵。

〔雙調〕〔新水令〕晚風寒峭透窻紗。控金鈎繡簾不掛。門闌凝暮靄。樓角斂殘霞。恰對菱花。樓上晚粧罷。一作閣

〔駐馬聽〕不近喧譁。嫩緑池塘藏睡鴨。自然幽雅。淡黄楊柳帶棲鴉。金蓮蹴損牡丹芽。玉簪抓住茶蘼架。夜凉苔逕滑。露珠兒濕透了凌波襪。

賢聖打義和𩦷曰為是忍非魯陽揮戈

王伯良曰北人稱菩薩神不曰聖賢則曰賢聖前拜了聖賢可証

王伯良曰詐喬也董詞不苦詐打扮不甚艷梳掠可據

我看那生和俺小姐巴不得到晚。

〔喬牌兒〕自從那日初時想月華捱一刻似一夏見柳梢斜日遲遲下。早道好教賢聖打。

〔攪箏琶〕打扮的身子兒詐。准備着雲雨會巫峽只為這燕侶鶯儔鎖不住心猿意馬。不則俺那小姐害。那生呵二三月來水米不粘牙因姐姐閉月羞花。真假。這其間性兒難按納。一地裏胡拿。

赫〻赤〻暗號也
元人偷期號多用
之燕青博魚劇可
証

這湖山下立地我開了寺里角門兒怕有人聽
俺說話我且看一看〔做意了〕偌早晚傻角却不
來赫赫赤赤來〔末云〕這其間正好去也赫赫赤
赤〔紅云〕那鳥來了
〔沉醉東風〕我則道槐影風搖暮鴉元來是玉人
帽側烏紗一個潛身在曲檻邊一個背立在湖
山下那裡敘寒溫並不曾打話〔紅云〕赫赫赤赤
那鳥來了〔末云〕小姐你來也〔摟住紅科〕〔紅云〕您

窮神嘲酸子之常語一本作窮酸無味

獃是我你看得好仔細着若是夫人怎了（末云）小生害得眼花摟得慌了些兒不知是誰望乞恕罪（紅唱）便做道摟得慌呵你也索覷咱多管是餓得你個窮神眼花（末云）小姐在那裏（紅云）在湖山下我問你咱眞個着你來哩（末云）小生猜詩謎社家風流隋何浪子陸賈准定扢扎帮便倒地（紅云）你休從門裡去則道我使你來你跳過這墻去今夜這一

迢迢：王易以迢遥 似是

弄兒助你兩個成親。我說與你。依着我者。

〔喬牌兒〕你看那淡雲籠月華。似紅紙護銀蠟。柳絲花朶垂簾下。綠莎茵鋪着繡榻。

〔甜水令〕良夜迢迢。閑庭寂靜。花枝低亞。他是個女孩兒家。你索將性兒溫存。話兒摩弄。意兒謙洽。休猜做敗柳殘花。

〔折桂令〕他是個嬌滴滴美玉無瑕。粉臉生春。雲鬢堆鴉。恁的般受怕擔驚。又不圖甚浪酒閑茶

西廂記 三 十九

夾被兒時當奮發言被裡亦及時興頭也指頭兒告了消乏玩董詞只是因彈琴以挑之：故故云徐謂探春者剪瓜王謂褻詞皆陋甚

則你那夾被兒時當奮發指頭兒告了消乏打疊起嗟呀畢罷了牽掛收拾了憂愁準備着撐達

〔末作跳墻摟旦科〕〔旦云〕是誰〔末云〕是小生〔旦怒云〕張生你是何等之人我在這裡燒香你無故至此若夫人聞知有何理說〔末云〕呀變了卦也

〔紅唱〕

〔錦上花〕爲甚媒人心無驚怕赤緊的夫妻每意

隋何陸賈即以前生白語調之也

王伯良謂此教張生語非替鶯數落張生也看後清江引一曲良然

花木瓜言中看不中喫非調酸子也

詳解證

不爭差我這里躡足潛蹤悄地聽咱一個羞慙一個怒發張生無一言呀鶯鶯變了卦一個悄悄冥冥一個絮絮荅荅却早禁住隋何迸住陸賈叉手躬身粧聾做啞張生背地裡嘴那里去了向前摟住丟番告到官司怕羞了你

〔清江引〕沒人處則會閑嗑牙就里空奸詐怎想湖山邊不記西廂下香美娘處分破花木瓜〔旦〕

紅娘有賊〔紅云〕是誰〔末云〕是小生〔紅云〕張生你

西廂記三　二十

王伯良以次句拘而易為非盜做奸

來這里有甚麽勾當。〔旦云〕搊到夫人那里去。〔紅云〕到夫人那里。恐壞了他行止。我與姐姐處分他一塲。張生。你過來跪着。你既讀孔聖之書。必達周公之理。夤夜來此何幹。

〔鴈兒落〕不是俺一家兒喬作（一作坐）衙。說幾句衷腸話。我則道你文學海洋深。誰知你色膽有天來大。

〔紅云〕你知罪麽。〔末云〕小生不知罪。〔紅唱〕

〔得勝令〕誰着你夤夜入人家。非姦做賊拿。你本

拿且引周挺齋識沉烟梟緉叢宜沉宴梟修叢乃叶不知第四字不可不平第二字用平者極多即如本傳注周夢蝴蝶難忘有恩處抱粧盒劇浔推辭且推辭慶賀詞諸邦盡朝獻皆然況非姦即盜是成語亦無非盜做奸之說賊字入聲叶平非仄也

是個折桂客做了偷花漢不想去跳龍門學騙馬。姐姐且看紅娘面饒過這生者〔旦云〕若不看紅娘面扯你到夫人那里去看你有何面目見江東父老起來〔紅唱〕謝小姐賢達看我面遂情罷。若到官司詳察你既是秀才只合苦志于寒窓之下誰教你夤夜輒入人家花園做得個非姦即盜先生呵擊備着精皮膚吃頓打〔旦云〕先生雖有活人之恩恩則當報既爲兄妹何生此心。萬一夫人知之。先生何以自安。今後再勿如此。若更為之。與足下决無干休。〔下〕〔末〕朝鬼門道〔云〕你着我來。却怎麼有偌多說話。〔紅〕扳過末〔云〕羞也。羞也。却不風流隋何。浪子陸賈。〔末〕〔云〕得罪波。社家今日便早則死心搨地。〔紅唱〕

〔離亭宴帶歇拍煞〕再休題春宵一刻千金價。准備着寒窻更守十年寡。猜詩謎的社家。[illegible]（音祈）拍了迎風戶半開。山障了隔墻花影動。綠慘了待月

猶古自即尚兀自曲中常語猶言猶復爾也徐不知而解曰古助語字猶涉字波字之類但看合用平用仄耳不思此襯字豈深論平仄即宜用平而曰猶涉猶波亦不通

西廂下。你將何郎粉面搽。他自把張敞眉兒畫彊風情措大。晴乾了尤雲殢雨心。悔過了竊玉偷香膽。刪抹了倚翠偎紅話。〔末云〕小生再寫一簡。煩小娘子將去。以盡衷情如何。〔紅唱〕搖詞兒早則休。簡帖兒從今罷。猶古自參不透風流調法。從今後悔罪也卓文君。你與我學去波漢司馬。〔下〕

〔末云〕你這小姐送了人也。此一念。小生再不敢

學去波漢司馬識〔其不能及相如言這樣漢司馬還須耳學〻去也即前白調其脯何陸賈二例俗本作游學去波不通王解為勉其耳去讀書酸甚

舉。奈有病體日篤。將如之奈何。夜來得簡方喜今日強扶至此。又值這一場怨氣。眼見休也。則索回書房中納悶去。桂子閑中落。槐花病裏看。

第四折

〔夫人上云〕早間長老使人來說。張生病重。我着長老使人請個太醫去看了。一壁道與紅娘看哥哥行問湯藥去者。問太醫下甚麼藥。證候如何。便來回話。〔下〕〔紅上云〕老夫人纔說。張生病沉重。昨夜吃我那一場氣越重了。鶯鶯呵你送了他人。(下)(旦上云)我寫一簡。則說道藥方着紅娘將去與他。證候便可。(旦喚紅科)(紅云)姐姐喚紅娘怎麽。(旦云)張生病重。我有一個好藥方兒與我將去咱。(紅云)又來也。娘呵。休送了他人。(旦云)好姐姐。救人一命。將去咱。(紅云)不是你。一世也救他不得。如今老夫人使我去哩。我就與你將去走一遭。(下)(旦云)紅娘去了。我繡房裏等他回

屌弔上声詈語也。雙鬥醫元劇名目。大和正音譜必有科。諢可做故古本如此。猶今南戲中所謂考試照常之類

話。（下）

（末上云）自從昨夜花園中。吃了這一場氣。投着舊證候。眼見得休了也。老夫人說着長老喚太醫來看我。我這頹證候。非是太醫所治的。則除是那小姐美甘甘。香噴噴。凉滲滲。嬌滴滴。一點唾津兒嚥下去。這屌病便可。

（潔引太醫上雙鬥醫科範了）（下）（潔云）下了藥了我回夫人話去。少刻再來相望。（下）

此謂鶯以待月一詩哄生致病也徐云說張誤

背地評跋宛如話出此等方是元劇中本色勝場今人

紅上云俺小姐送得人如此又着我去動問送藥方兒去越着他病沉了也我索走一遭

越調鬬鵪鶉則爲你彩筆題詩回文織錦送得人臥枕着牀忘餐廢寢折倒得鬢似愁潘腰如病沈恨已深病已沉昨夜個熱臉兒對面搶白今日個冷句兒將人厮侵昨夜這般搶白他呵

紫花兒序把似你休倚着櫳門兒待月依着韻脚兒聯詩側着耳朶兒聽琴見了他撇假偌多

但知賞其俊麗處者皆未識其面目者也

語張生我與你兄妹之禮甚麼勾當怒時節把一個書生來迭歡歡時節紅娘好姐姐去望他一遭將一個侍妾來逼臨難禁好着我似線脚兒般殷勤不離了針從今後教他一任這的是俺老夫人的不是將人的義海恩山都做了遠水遥岑

〔紅見末問云〕哥哥病體若何〔末云〕害殺小生也我若是死呵小娘子閻王殿前少不得你做個

干連人〔紅嘆云〕普天下害相思的。不似你這個傻角
〔天淨紗〕心不存學海文林。夢不離柳影花陰。則去那竊玉偷香上用心。又不曾得甚。自從海棠開想到如今。
因甚的便病得這般了。〔末云〕都因你行。怕說的謊因小侍長上來當夜書房一氣一個死。小生救了人返被害了。自古人云。癡心女子負心漢

撒唒猶含忍也詞中有低着頭凡事見撒唒與粧憨推聾蓋用

徐士範曰年頭爲伏吟對宮爲返吟星命家云返吟伏吟淚流連之

今日返其事了〔紅唱〕〔調笑令〕我這里自審這病爲邪滛尸骨嵓嵓鬼病侵更做道秀才每從來恁似這般乾相思的好撒唒功名上早則不遂心婚姻上更返吟復吟。〔紅云〕老夫人着我來看哥哥要甚麽湯藥小姐再三伸敬有一藥方送來與先生〔末做慌科〕在那里〔紅云〕用着幾般兒生藥各有制度我說與

徐士範曰地窨曰窨所以藏酒又曰隱藏六藥名撒沁放潑也又不同心之意菩薩蠻劇有正好教他撒沁

你。

〔小桃紅〕桂花搖影夜深沉。酸醋當歸浸。〔末云〕桂花性溫。當歸活血。怎生制度。〔紅唱〕面靠着湖山背陰里窨。這方兒最難尋。一服兩服令人恁〔末云〕忌甚麼物〔紅唱〕忌的是知母未寢。怕的是紅娘撒沁。吃了呵。穩情取使君子一星兒參。參疏可也

這藥方兒小姐親筆寫的〔末看藥方大笑科〕〔末云〕早知姐姐書來。只合遠接小娘子。〔紅云〕又怎

王伯良曰啉愚也唔撒也見王文璧木韻注稟小箋錦字恩字元不用韻

麽却早兩遭兒也〔末云〕不知這首詩意小姐待和小生里也波哩〔紅云〕不少了一些兒

〔鬼三台〕足下其實啉休糚唔笑你個風魔的翰林無處問佳音向簡帖兒上計稟得了個紙條兒恁般綿裡針若見玉天仙怎生軟厮禁俺那小姐忘恩赤緊的僂人負心

書上如何說你讀與我聽咱〔末念云〕休將閑事苦縈懷取次摧殘天賦才不意當時完妾命豈

王伯良曰此紅猶疑鶯之許未必然言設若有心昨宵便當成事何必今日又寄詩耶古註

防今日作君灾仰圖厚德難從禮謹奉新詩可當媒寄與高唐休詠賦今宵端的雨雲來此韻非前日之比小姐必來(紅云)他來呵怎生(禿廝兒)身卧着一條布衾頭枕着三尺瑶琴他來時怎生和你一處寢凍得來戰兢兢說甚知音

(聖藥王)果若你有心他有心昨日鞦韆院宇夜深沉花有陰月有陰春宵一刻抵千金何須詩

追惜昨宵稱懈

遂殺了人心猶言像意煞也

手執定指尖兒恁疑不過握拳忍耐之意徐王皆從手勢云是極褻之詞恐度詞者未必陋惡之想至此至引史弘肇手勢令爲証蓋無干

對會家吟。

（末云）小生有花銀十兩。有鋪盖賃與小生一付。

（紅唱）

（東原樂）俺那鴛鴦枕。翡翠衾。便遂殺了人心。如何肯賃。至如你不脫解和衣兒。更怕甚。不強如手執定指尖兒恁。倘或成親。到大來福廕。

（末云）小生爲小姐。如此容色。莫不小姐爲小生。也減動丰韻麼。

（紅唱）

眉彎四句本董解元本白言眉則使遠山不翠眼則使秋水無光也四句不用韻故服已詳第二本末折中徐本强叶韻而易以無塵且又有識其犯真文者皆憒憒

（綿搭絮）他眉彎遠山不翠。眼橫秋水無光。體若凝酥。腰如弱柳。俊的是龐兒俏的是心。體態溫柔性格兒沉。雖不會法灸神鍼。更勝似救苦難觀世音。

（末云）今夜成了事。小生不敢有忘。（紅唱）

（幺篇）你口兒裏謾沉吟。夢兒裏苦追尋。往事已沉只言目今。今夜相逢管教恁。不圖你甚白璧黃金。則要你滿頭花。拖地錦。

來時節二句語意明白時刻多作怎由他盡在恁夫來時節肯不肯如何不由他耶所謂肯否正謂肯來與否如白中所云只怕小姐不肯之說耳若説來後之肯不肯既已來矣豈同生之往而有不肯耶正不必商確矣

（末云）怕夫人拘繫不能勾出來。（紅云）則怕小姐不肯。果有意呵。

（煞尾）雖然是老夫人曉夜將門禁。好共歹須教你稱心。（末云）休是昨夜不肯。（紅云）你掙揣咱來時節肯不肯盡由他見時節親不親在于恁（並下）

（絡絲娘煞尾）因今宵傳言送語看明日攜雲握雨。

題目　老夫人命醫士　崔鶯鶯寄情詩
正名　小紅娘問湯藥　張君瑞害相思

西廂記第三本終

西廂記第三本解證

第二折

辰勾　舊注云出天文志辰是星名居于卯地月是陰精晝夜行天俱照下土辰星勾月最難得也不勾平平若勾之主年豐國泰慶雲見賢人出徐逢吉本舊評辰勾月是院本傳奇元人吳昌齡撰托陳世英感月精事舊解附會謬甚近西廂正譌作辰勾遺去月字可笑王伯良曰辰勾水星其出雖有常度見之甚難張衡云辰星一名勾星博雅云辰星謂之鉤星故亦謂之辰勾晉灼謂常以四仲之月分見奎婁東井角亢牛度然亦有終歲不一見者盼佳期如等辰勾之出見無夜不候望也三説似王爲確然詞中有勾辰就月總是難成就意則舊解亦非

無據

三更棗 舊註高僧傳一僧參五祖五祖與粳米三粒棗三枚僧遂去人問故僧曰師令我三更早來

第三折

花木瓜 調中看不中用也亦有游花好猾之意舊詞云那囘期今番約花木瓜兒看好又有外頭花木瓜裡頭鐵豌豆誤入桃源劇云不似你猱兒每狡猾似宣州花木瓜李逵負荊劇元來是花木瓜兒外看好水滸傳亦有花木瓜空好看其意可想而見徐解云木瓜酸嘲措大也他詞豈亦皆爲措大發耶

騙馬 王伯良云躍而上馬謂之騙今北人猶有此語雍熙樂府詠西廂小桃紅詞騙上如龍馬任風子劇騙上墻騰的跳過來可證不過借字義以形容謂大才而小用之耳俗注謂哄婦人爲騙騙馬不知何據按唐人有蜀馬臨砦騙之吻句則其來已遠矣

看我面遂情罷 因賓白鶯言若不看紅娘之面扯到夫人那里去故紅云然遂情罷者遂爾情恕也坊本刻爲逐情便不可解徐本又去我字作看面逐情更不知何語矣

西廂記第四本

草橋店夢鶯鶯雜劇

元 王實甫 填詞

楔子

〔旦上云〕昨夜紅娘傳簡去與張生。約今夕和他相見。等紅娘來。做個商量。〔紅上云〕姐姐着我傳簡兒與張生。約他今宵赴約。俺那小姐。我怕又有說謊。送了他性命。不是耍處。我見小姐。看他說甚麼〔旦云〕紅娘。收拾臥房。我睡去。〔紅云〕不爭你要睡呵。那裏發付那生。〔旦云〕甚麼那生。〔紅云〕姐姐。你又來也。送了人性命。不是要處。你若又番悔。我出首與夫人。你着我將簡帖兒約下他來〔旦云〕這小賤人到會放刁。羞人荅荅的怎生去。〔紅云〕有甚的羞。到那裏則合着眼者〔紅催鶯云〕去來去來。老夫人睡了也。〔旦走科〕〔紅云〕俺姐姐語言雖是強。脚步兒早先行也。

此在仙呂宮之端正好時作正宮誤然攷正宮調此止多出畫閣至楚襄王數叠句耳凡叠句皆可增不礙本調如混江龍之六句以後新水令五句以後后庭花之十一句以後六么令青歌兒之三句以後皆是類也但首尾須合本調字句不可移易則此與正宮法華經碧雲天毫無異也而太和正音載字句可增減止及正宮端正好及不及仙呂豈可通用耶

[仙呂][端正好]因姐姐玉精神花模樣。無倒斷曉夜思量。着一片志誠心盖抹了漫天謊。出畫閣向書房。離楚岫赴高唐。學竊玉。試偷香。巫娥女楚襄王。楚襄王敢先在陽臺上。[下]

第一折

[末上云]昨夜紅娘所遺之簡。約小生今夜成就。這早晚初更盡也。不見來呵。小姐休說謊咱。人間良夜靜不靜。天上美人來不來。

意懸〻可四字作
數疊句止門兒待
三字入本調正句
是前

〔仙呂〕〔點絳唇〕竚立閑堦夜深香靄橫金界瀟灑
書齋悶殺讀書客
〔混江龍〕彩雲何在月明如水浸樓臺僧居禪室
鴉噪庭槐風弄竹聲則道似金珮響月移花影
疑是玉人來意懸懸業眼急攘攘情懷身心一
片無處安排則索呆荅孩倚定門兒待越越的
青鸞信杳黃犬音乖
小生一日十二時無一刻放下小姐你那裏知

徐文長謂人有過以下數語不免頭巾不知元人慣棹四書以爲當行也

道呵。

〔油葫蘆〕情思昏昏眼倦開。單枕側。夢魂飛入楚陽臺早知道無明無夜因他害。想當初不如不遇傾城色。人有過必自責。勿憚改。我却待賢賢易色將心戒。怎禁他兜的上心來。

〔天下樂〕我則索倚定門兒手托腮。好着我難猜來也那不來。夫人行料應難離側。望得人眼欲穿。想得人心越窄。多管是寃家不自在。

空調二句王伯良謂本調変體非也二句本一句多襯一空字耳乃三字一節四字一節者

偌早晚不來。莫不又是謊麽。

〔那吒令〕他若是肯來。早身離貴宅。他若是到來。便春生敝齋。他若是不來。似石沉大海。數着他脚步兒行。倚定窗櫺兒待。寄語多才。

〔鵲踏枝〕恁的般惡搶白。並不曾記心懷。撥得個意轉心回。夜去明來。空調眼色經今半載。這其間委實難捱。

小姐這一遭若不來呵。

寄生草安排着害准備着擡想着這異鄉身強
把茶湯捱則為這可憎才熬得心腸耐辦一片
志誠心留得形骸在試着那司天臺打筭半年
愁端的是太平車約有十餘載
紅上云姐姐我過去你在這裏紅敲科末問云
是誰紅云是你前世的娘末云小姐來麼紅云
你接了衾枕者小姐入來也張生你怎麼謝我
末拜云小生一言難盡寸心相報惟天可表紅

云你放輕者。休諕了他。(紅推旦入云)姐姐你入去。我在門兒外等你。(末見旦跪云)張生有何德能。敢勞神仙下降。知他是睡裏夢裏。

(村里迓鼓)猛見他可憎模樣。小生那裏得病來。早醫可九分不快。先前見責。誰承望今宵歡愛。着小姐這般用心。不才張珙。合當跪拜。小生無宋玉般容。潘安般貌。子建般才。姐姐。你則是可憐見爲人在客。

（元和令）繡鞋兒剛半拆柳腰兒勾一搦[illegible]羞荅荅不肯把頭擡只將鴛枕捱雲鬟彷彿墜金釵偏宜鬏髻兒歪

（上馬嬌）我將這紐扣兒鬆把摟帶兒解蘭麝散幽齋不良會把人禁害咍怎不肯回過臉兒來

（勝葫蘆）我這裏軟玉溫香抱滿懷呀阮肇到天台春至人間花弄色將柳腰款擺花心輕折露滴牡丹開

不良與可憎一樣喜極而反言猶稱冤家之類也咍字句例見前

今作劉阮

王伯良曰首語大傷韞籍次語較陳半推二句却入妙諦

王伯良曰胸前三句步涉猥媟

（么篇）但蘸着些兒麻上來。魚水得和諧。嫩蕋嬌香蝶恣採。半推半就。又驚又愛。檀口搵香腮。（末跪云）謝小姐不棄。張珙今夕得就枕席。異日犬馬之報。（旦云）妾千金之軀。一旦棄之。此身皆托于足下。勿以他日見棄。使妾有白頭之嘆。（末云）小生焉敢如此。（末看手帕科）

（後庭花）春羅元瑩白。早見紅香點嫩色。（旦云）羞人荅荅的。看甚麼。（末）燈下偷睛覷。胸前着肉揣。

徐士範曰此處語意少露殊無藴藉晉人有濃鹽赤醬之誚信夫

王伯良曰舒心害放心受害也

王伯良謂此調字句可增減又非也

暢奇哉。渾身通泰。不知春從何處來。無能的張秀才。孤身西洛客。自從逢稔色。思量的不下懷。憂愁因間隔。相思無擺劃。謝芳卿不見責。

（梆葉兒）我將你做心肝兒般看待。點汚了小姐清白。忘餐廢寢舒心害。若不是真心耐志誠捱怎能勾這相思苦盡甘來。

（青哥兒）成就了今宵歡愛。魂飛在九霄雲外。投至得見你多情小妳妳。憔悴形骸。瘦似麻稭。今

正憔悴以下四字疊句可多用耳前後須合本調

夜和諧猶似疑猜露滴香埃風靜閑堦月射書齋雲鎖陽臺審問明白只疑是昨夜夢中來愁無奈

(旦云)我回去也怕夫人覺來尋我(末云)我送小姐出來

(寄生草)多丰韻忒稔色乍時相見教人害霎時不見教人恠些兒得見教人愛今宵同會碧紗廚何時重解香羅帶

一舊本此白下有末念上堂已了各西東之詩此王播詩也與此無涉想因引以解碧紗二字而誤混白中耳不從

明夜係王作今夜以董詞正之然舊本不然且上有兩今宵此自應為明夜矣

（紅云）來拜你娘張生你喜也。姐姐。咱家去來。（末唱）

（煞尾）春意透酥胸春色橫眉黛。賤却人間玉帛。杏臉桃腮。乘着月色。嬌滴滴越顯得紅白。下香堦。懶步蒼苔動人處弓鞋鳳頭窄。嘆鯫生不才。謝多嬌錯愛。若小姐不棄小生。此情一心者。你是必破工夫明夜早些來。（下）

第二折

〔夫人引俫上云〕這幾日竊見鶯鶯語言恍惚。神思加倍。腰肢體態。比向日不同。莫不做下來了麼。〔俫云〕前日晚夕奶奶睡了。我見姐姐和紅娘燒香。半晌不回來。我家去睡了。〔夫人云〕這椿事都在紅娘身上。喚紅娘來。〔俫喚紅科〕〔紅云〕哥哥喚我怎麼。〔俫云〕妳妳知道你和姐姐去花園裏去。如今要打你哩。〔紅云〕呀。小姐。你帶累我也。小哥哥你先去。我便來也。〔紅喚旦科〕〔紅云〕姐姐事

提心在口擔干係小心謹悶之意此亦方言之常徐解云苦思慮者心逆咽喉如欲嘔出何謂

使不着二句不過

發了也老夫人與我哩却怎了〔旦云〕好姐姐遮盖咱〔紅云〕娘呵你做的穩秀者我道你做下來也〔旦念〕月圓便有陰雲蔽花發須教急雨催〔紅唱〕

〔越調〕〔鬥鵪鶉〕則着你夜去明來到有個天長地久不爭你握雨携雲常使我提心在口則合帶月披星誰着你停眠整宿老夫人心教多情性（教疑為較王本作數）㑺（此字宜平）使不着我巧語花言將沒做有（俱以成語疊來成曲足見當家手）

西廂記四　八

言適餙不過也徐王刪使不着燕而言巧語花言二句指夫人覺反隔一重

捽頭未自妥當徐王皆改為饒頭且曰妙甚不知越人苦認紅娘為幫丁何謂如前罵與從良及那里裝付裁俱作是解可笑不思會真本記張生內秉堅孤終不及亂未嘗近女色止留連尤物僅惑于鶯鶯豈易沾染者而必以饒目酸態扭捏對紅娘耶即玩全劇中兩白張

〔紫花兒序〕老夫人猜那窮酸做了新婿小姐做了嬌妻。這小賤人做了捽頭。俺小姐這些時春山低翠。秋水凝眸。別樣的都休。試把你裙帶兒拴紐門兒扣。比着你舊時肥瘦出落得精神別樣的風流。弋陽梨園作丑先與紅㪚醜態不一而足與恬越人有饒頭之癖矣

〔旦云〕紅娘你到那里。小心回話者。〔紅云〕我到夫人處。必問這小賤人。

〔金蕉葉〕我着你但去處行監坐守。誰着你迤逗

惟注意鶯爾曾有一語面調紅者否紅亦止欲成就二人耳別無自衒之意也

王伯良曰首當二字句當韻

永透俗作湮透謬

觀紅娘口語如此豈曾作饒頭者耶

的胡行亂走。若問着此一節呵如何訴休。你便索與他個知情的犯由。

姐姐你受責理當。我圖甚麼來。

〔調笑令〕你繡幃裏效綢繆倒鳳顛鸞百事有。我在窗兒外幾曾輕咳嗽立蒼苔將繡鞋兒氷透。今日個嫩皮膚倒將麄棍抽。姐姐呵俺這通殷勤的着甚來由。

姐姐在這裏等着。我過去。說過呵休歡喜說不

過休煩惱〔紅見夫人科〕〔夫人云〕小賤人爲甚麽
不跪下你知罪麽〔紅跪云〕紅娘不知罪〔夫人云〕
你故自口強哩若實說呵饒你若不實說呵我
直打死你這個賤人誰着你和小姐花園裏去
來〔紅云〕不曾去誰見來〔夫人云〕歡郎見你去來
尚故自推哩〔打科紅云〕夫人休閃了手且息怒
停嗔聽紅娘說
〔鬼三台〕夜坐時停了鍼繡共姐姐閑窮究說張

見三台一調九句用八韻事已休自應爲句喒兩個背着夫人句係襯字耳但將恩變爲讎二句宜對而此少不整亦少襯字故此調末宜有二字一韻句舊本皆無必是脫落或者問字是究字之誤亦未可知然舊冬景詞秃厮究布四野滿長空天涯用家

生哥哥病久。喒兩個背着夫人向書房問候〔夫人云〕問候呵。他說甚麽〔紅云〕他說來道老夫人事已休。將恩變爲讐。着小生半途喜變做憂他道紅娘你且先行。教小姐權時落後〔夫人云〕他是個女孩兒家着他落後麽〔紅唱〕〔秃厮兒〕我則道神鍼法灸誰承望燕侶鶯儔他兩個經今月餘則是一處宿何須你一一問緣由。

麻而空字非韻嘲伎好睡詞秃廝兒經燭滅早魂魄昏迷用齊微而魄字非韻即本傳第三本末折秃廝兒凍淂來戰兢兢說甚知音用侵尋而兢字非韻或此亦可不用韻耳

〔聖藥王〕他每不識憂不識愁一雙心意兩相投夫人得好休便好休這其間何必苦追求常言道女大不中留〔夫人云〕這端事都是你個賤人〔紅云〕非是張生小姐紅娘之罪乃夫人之過也〔夫人云〕這賤人倒指下我來怎麽是我之過〔紅云〕信者人之根本人而無信不知其可也大車無輗小車無軏其何以行之哉當日軍圍普救夫人所許退軍

者以女妻之。張生非慕小姐顏色豈肯區區建退軍之策。兵退身安。夫人悔却前言。豈得不爲失信乎。既然不肯成其事。只合酬之以金帛。令張生捨此而去。却不當留請張生於書院使怨女曠夫。各相早晚窺視。所以夫人有此一端。目下老夫人若不息其事。一來辱没相國家譜。二來張生日後。名重天下。施恩於人。忍令反受其辱哉。使至官司。夫人亦得治家不嚴之罪。官司

徐士範曰參居酉辰居卯爲不相見

若推其詳。亦知老夫人背義而忘恩。豈得爲賢哉。紅娘不敢自專。乞望夫人台鑒。莫若恕其小過。成就大事。撋之以去其污。豈不爲長便乎。

〔麻郎兒〕秀才是文章魁首。姐姐是仕女班頭。一個通徹三教九流。一個曉盡描鸞刺繡。

〔幺篇〕世有。便休罷。手。大恩人怎做敵頭。起白馬將軍故友。斬飛虎叛賊草寇。

〔絡絲娘〕不爭和張解元參辰卯酉。便是與崔相國出乖弄醜到底干連着自己骨肉夫人索窮究。

〔夫人云〕這小賤人也道得是。我不合養了這個不肖之女。待經官呵。玷辱家門。罷罷。俺家無犯法之男。再婚之女。與了這廝罷。紅娘。喚那賤人來。〔紅見旦云〕且喜姐姐。那棍子則是滴溜溜在我身上。吃我直說過了。我也怕不得許多。夫人如今喚你來。待成合親事。〔旦云〕羞人荅荅的。怎

俗本二句一篇下有搵香腮摟腰肢二語便俗氣熏人

麽見夫人〔紅云〕娘根前有甚麽羞
〔小桃紅〕當日個月明纔上柳梢頭却早人約黃昏後羞的我腦背後將牙兒襯着衫兒袖猛凝眸看時節則見鞋底尖兒瘦一個恣情的不休一個啞聲兒廝耨呸那其間可怎生不害半星兒羞
〔旦見夫人科〕〔夫人云〕鶯鶯我怎生擡舉你來今日做這等的勾當則是我的業障待怨誰的是

我待經官來辱没了你父親這等事不是俺相國人家的勾當罷罷罷誰似俺養女的不長俊紅娘書房裏喚將那禽獸來〔紅喚末科〕〔末云〕小娘子喚小生做甚麽〔紅云〕你的事發了也如今夫人喚你來將小姐配與你哩小姐先招了也你過去〔末云〕小生惶恐如何見老夫人當初誰在老夫人行說來〔紅云〕休佯小心過去便了

〔小桃紅〕既然泄漏怎干休是我相投首俺家裏

相今本俱作先

棄了部署不收言不營求得也依木俱作揉了箇步費解徐王改為擔着箇部署不周亦因揉字誤之耳徐士範曰銀樣蠟鎗頭中看不中用

陪酒陪茶到撋就。你休愁何須約定通媒媾。我棄了部署不收。你元來苗見不秀。呸你是個銀樣鑞（一作蠟）鎗頭。秉燕本劇有燕本也你是銀樣鑞鎗頭徐改銀為人而曰與人樣蠟駱一例無謂李逵負荊劇有潮做了鑞鎗頭俱從鑞〔末見夫人科〕〔夫人云〕好秀才呵。豈不聞非先王之德行不敢行。我待送你去官司裏去來。恐辱没了俺家譜。我如今將鶯鶯與你為妻。則是俺三輩兒不招白衣女壻。你明日便上朝取應去我與你養着媳婦。得官呵來見我。駁落呵休來見我。〔紅云〕張生早則喜也。
〔東原樂〕相思事。一筆勾。早則展放從前眉兒皺
美愛幽歡恰動頭。既能勾。張生你覷兀的般可
喜娘龐兒也要人消受。
〔夫人云〕明日收拾行裝安排果酒請長老一同
送張生。到十里長亭去。〔旦念〕寄與西河堤畔柳
安排青眼送行人。〔同夫人下〕〔紅唱〕
〔收尾〕來時節畫堂簫鼓鳴春晝。列着一對兒鸞

交鳳友那其間纔受你說媒紅方吃你謝親酒
〔並下〕

第三折

〔夫人長老上云〕今日送張生赴京十里長亭安排下筵席我和長老先行不見張生小姐來到

〔旦末紅同上〕〔旦云〕今日送張生上朝取應早是離人傷感況值那暮秋天氣好煩惱人也呵悲歡聚散一盃酒南北東西萬里程

迍〻即馬遲人意懶也舊本有作迍逆者要亦不過遲意徐迍之而解曰不向前迍去而倒走回夫倒走回亦只一霎耳豈不煩牽轉而竟行耶於象不通既迍字平声調不合王直改迍〻未經見不敢從非迍〻即遲〻

〔正宮〕〔端正好〕碧雲天。黃花地。西風緊北鴈南飛。曉來誰染霜林醉。總是離人淚。

〔滾繡毬〕恨相見得遲。怨歸去得疾。柳絲長玉驄難繫。恨不倩疎林掛住斜暉。馬兒迍迍的行。車兒快快的隨。却告了相思迴避。破題兒又早別離。聽得一聲去也鬆了金釧。遙望見十里長亭減了玉肌。此恨誰知。

〔紅〕〔云〕姐姐。今日怎麽不打扮。〔旦〕〔云〕你那知我的

字形誤耳

心裏呵。
〔叨叨令〕見安排着車兒馬兒不由人熬熬煎煎的氣。有甚麼心情花兒靨兒打扮的嬌嬌滴滴的媚。準備着被兒枕兒則索昏昏沉沉的睡從今後衫兒袖兒都揾做重重疊疊的淚。兀的不悶殺人也麼歌。兀的不悶殺人也麼歌。久已後書兒信兒索與我恓恓惶惶的寄。
〔做到〕〔見夫人科〕〔夫人云〕張生和長老坐。小姐這壁坐紅娘將酒來張生你向前來是自家親眷不要迴避俺今日將鶯鶯與你到京師休辱末了俺孩兒掙揣一個狀元回來者〔末云〕小生托夫人餘蔭憑着胸中之才視官如拾芥耳〔潔云〕夫人主見不差張生不是落後的人〔把酒了坐〕

〔旦長吁科〕

〔脫布衫〕下西風黃葉紛飛染寒烟衰草萋迷酒席上斜簽着坐的蹙愁眉死臨侵地

柰時間依本作那其間徐王本作這時節俱無味

我諗知這幾日相思滋味三字二句四字一句幺篇同

〔小梁州〕我見他閣淚汪汪不敢垂恐怕人知猛然見了把頭低長吁氣推整素羅衣

〔幺篇〕雖然久後成佳配柰時間怎不悲啼意似癡心如醉昨宵今日清減了小腰圍

〔夫人云〕小姐把盞者〔紅遞酒旦把盞長吁科云〕請吃酒

〔上小樓〕合歡未已離愁相繼想着俺前暮私情昨夜成親今日別離我諗知這幾日相思滋味

王伯良以上三字作襯字則本調実字缺言別離情更甚于相思也時本以此作比是相思味重于別離情矣失當下語意一本無此字亦可

却元來此別離情更增十倍

（么篇）年少呵輕遠別情薄呵易棄擲全不想腿兒相挨臉兒相偎手兒相攜你與俺崔相國做女婿妻榮夫貴但得一個並頭蓮煞強如狀元及第

（紅云）姐姐不曾吃早飯飲一口兒湯水（旦云）紅娘甚麼湯水嚥得下

（滿庭芳）供食太急須臾對面頃刻別離若不是

雖然以下俗本作玄篇非也滿庭芳本調如此

此正形容別情當行至語蘊有誠其哀而近傷者非説夢耶

酒席間子毋每當迴避。有心待與他舉案齊眉。雖然是廝守得一時半刻。也合着俺夫妻每共卓而食。眼底空留意。尋思起就裡。險化做望夫石。

（夫人云）紅娘把盞者。（紅把酒科）（旦唱）

（快活三）將來的酒共食。嘗着似土和泥。假若便是土和泥。也有些土氣息泥滋味。

（朝天子）煖溶溶玉醅。白泠泠似水。多半是相思

淚眼面前茶飯怕不待要吃恨塞滿愁腸胃蝸角虛名蠅頭微利拆鴛鴦在兩下裏一個這壁一個那壁一遞一聲長吁氣

（夫人云）輛起車兒俺先回去小姐隨後和紅娘來（下）（末辭潔科）（潔云）此一行別無話兒貧僧准備買登科錄看做親的茶飯少不得貧僧的先生在意鞍馬上保重者從今經懺無心禮專聽春雷第一聲（下）（旦唱）

〔四邊靜〕霎時間杯盤狼籍。車兒投東。馬兒向西。兩意徘徊。落日山橫翠。知他今宵宿在那裡。有夢也難尋覓。

張生。此一行得官不得官。疾便回來。〔末云〕小生這一去。白奪一個狀元。正是青霄有路終須到。金榜無名誓不歸。〔旦云〕君行別無所贈。口占一絕。為君送行。棄擲今何在。當時且自親。還將舊來意。憐取眼前人。〔末云〕小姐之意差矣。張珙更

敢憐誰。謹賡一絕以剖寸心。人生長遠別。孰與
最關情。不遇知音者。誰憐長嘆人。〔旦〕唱
〔耍孩兒〕淋漓襟袖啼紅淚。比司馬青衫更濕。伯
勞東去燕西飛。未登程先問歸期。雖然眼底人
千里。且盡生前酒一杯。未飲心先醉。眼中流血
心裏成灰。
〔五煞〕到京師服水土。趁程途節飲食。順時自保
揣身體。荒村雨露宜眠早。野店風霜要起遲。鞍

徐改悶把爲空把而王大凱悶字悉舊本無作空字者

徐改別無意爲因無計王引董詞作應無計閣不住淚眼爲各淚眼意俱佳

馬　秋風裡最難調護最要扶持

〔四煞〕這憂愁訴與誰相思只自知老天不管人憔悴淚添九曲黄河溢恨壓三峯華岳低到晚來悶把西樓倚見了些夕陽古道衰柳長堤

〔三煞〕笑吟吟一處來哭啼啼獨自歸歸家若到羅幃裏昨宵個繡衾香暖留春住今夜個翠被生寒有夢知留戀你別無意見攄鞍上馬閣不住淚眼想眉

〔末云〕有甚言語。囑付小生咱。〔旦唱〕
〔二煞〕你休憂文齊福不齊。我則怕你停妻再娶
妻。休要一春魚鴈無消息。我這裏青鸞有信頻
須寄。你却休金榜無名誓不歸。此一節君須記。
若見了那異鄉花草。再休似此處棲遲。
〔末云〕再誰似小姐。小生又生此念。〔旦唱〕
〔一煞〕青山隔送行。疎林不做美。淡烟暮靄相遮
蔽。夕陽古道無人語。禾黍秋風聽馬嘶。我爲甚

麽懶上車兒內來時甚急去後何遲

〔紅云〕夫人去好一會姐姐咱家去〔旦唱〕

〔收尾〕四圍山色中一鞭殘照裏遍人間煩惱填胸臆量這些大小車兒如何載得起〔旦紅下〕

〔末云〕僕童趕早行一程兒早尋個宿處淚隨流水急愁逐野雲飛〔下〕

第四折

〔末引僕騎馬上開〕離了蒲東早三十里也兀的

這些大小言不多大小也非如舊解大字略讀詳見辯證

前面是草橋店里宿一宵明日趕早行這馬百般兒不肯走行色一鞭催去馬羈愁萬斛引新詩

〔雙調〕〔新水令〕望蒲東蕭寺暮雲遮慘離情半林黃葉馬遲人意懶風急鴈行斜離恨重疊破題兒第一夜想着昨日受用誰知今日淒涼

〔步步嬌〕昨夜個翠被香濃薰蘭麝欹珊枕把身軀兒趄臉兒廝揾者仔細端詳可憎的別鋪雲

髩玉梳斜。恰便似半吐初生月。
早至也。店小二哥那裏。〔小二哥上云〕官人。俺這
頭房裏下。〔末云〕琴童接了馬者。點上燈。我諸般
不要吃。則要睡些兒。〔僕云〕小人也辛苦待歇息
也。〔在床前打鋪做睡科〕〔末云〕今夜甚睡得到我
眼里來也。
〔落梅風〕旅館欹單枕。秋蛩鳴四野。助人愁的是
紙窗兒風裂。乍孤眠被兒薄又怯。冷清清幾時

此忽入旦唱者入
夢故變體也
王伯良曰打草驚
蛇只用見成語用
不淂王魯事為解
七略疾忙驚動意
亦不忍喻行之疾
速也

溫熱。

〔末睡科〕〔旦上云〕長亭畔別了張生。好生放不下。老夫人和梅香都睡了。我私奔出城。趕上和他同去。

〔喬木查〕走荒郊曠野。把不住心嬌怯。喘吁吁難將兩氣接。疾忙趕上者打草驚蛇。

〔攪箏琶〕他把我心腸撦。因此不避路途賒。瞞過俺能拘管的夫人。穩住俺廝齊攢的侍妾。想着

此自別離已後四句非常調乃二字句下之可增四字疊句者本傳第五本夫人的店語縣君的名稱是也金白嘆削去愁得來陡峻及末翠裙二句竟乃瘦得来嗹嗽止不知末二句正添句後之入本調者亦妄塗抹矣

他臨上馬痛傷嗟哭得我也似癡呆不是我心邪自別離已後到西日初斜愁得來陡峻瘦得來嗹嗽則離得半個日頭却早又寬掩過翠裙三四褶誰曾經這般磨滅〻戀住安頓也餘以紅乃腹心婢改為說過不知此是夢中語何為必欲思頓微細乃爾

「錦上花」有限姻緣方纔寧貼無奈功名使人離缺害不了的愁懷却纔覺些（一作較）掉不下的思量如今又也清霜淨碧波白露下黃葉下下高高道路凹折四野風來左右亂趕我這裏奔馳他何

處困歌

〔清江引〕呆荅孩店房兒裏没話説悶對如年夜暮雨催寒蛩曉風吹殘月今宵酒醒何處也〔旦云〕在這個店兒裏不免敲門〔末云〕誰敲門哩是一個女人的聲音我且開門看咱這早晚是誰

〔慶宣和〕是人呵疾忙快分説是鬼呵合速滅〔旦云〕是我老夫人睡了想你去了呵幾時再得見

姐〻是疊句前倒躲倒躲蹻挑會劇壽齊壽齊是也俗本少二字非調

此曲只為折挂令之首一句言想着害相思猶可便孤單尋思来亦不苦而最苦是離别即

特來和你同去。〔末〕聽說罷將香羅袖兒拽却元來是姐姐姐姐。難得小姐的心勤。

〔喬牌兒〕你是為人須為徹將衣袂不藉繡鞋兒被露水泥沾惹脚心兒管踏破也

〔旦云〕我為足下呵顧不得迢遞〔旦〕喞喞了

〔甜水令〕想着你廢寢忘飡香消玉減花開花謝猶自覺爭些。便枕冷衾寒鳳隻鸞孤月圓雲遮

前諗知這綫日捐思數句一意也王伯良訓便為就改有甚為又甚强解無味

俗本作不羨驕奢只恋豪傑王伯良謂及墮俗境

尋思來有甚傷嗟。

〔折桂令〕想人生最苦離別可憐見千里關山獨自跋涉似這般割肚牽腸到不如義斷恩絕雖然是一時間花殘月缺休猜做瓶墜簪折不戀豪傑不羨驕奢生則同衾死則同穴

〔外淨〕一行扮卒子上叫云〕恰纔見一女子渡河不知那裏去了打起火把者分明見他走在這店中去也將出來將出來〔末云〕却怎了〔旦云〕你

西廂記四　二十四

休言語靠後此舊此卒子之辭靠邊些之語元人賓白亦時有此之今其退後猶今吃人云還不走也時本有刻休言語一句為生唱此止鶯靠後些一句為鶯唱以止生且批云夢中兩人猶相愛如此真所謂痴人前不

近後。我自開門對他說。〔水仙子〕硬圍着普救寺下鍬撅。強當住咽喉仗劍鉞。賊心腸饞眼腦天生得劣。〔卒子云〕你是誰家女子。夤夜渡河。〔旦唱〕休言語。靠後些。杜將軍你知道他是英傑。覷一覷着你為了醯醬（一作醢）。指一指教你化做膋（一作蕾）血。騎着疋白馬來也。〔卒子搶旦下〕〔末驚覺云〕呀。元來却是夢裏。且將門兒推開看。只見一天露氣。滿地霜華。曉星初

堪說夢也

王伯良因認第二句第二字宜仄韻改周為子非也說已見前

上殘月猶明無端燕鵲高枝上一枕鴛鴦夢不成

〔鴈兒落〕綠依依墻高柳半遮靜悄悄門掩清秋夜疎剌剌林梢落葉風昏慘慘雲際穿窗月

〔得勝令〕驚覺我的是顫巍巍竹影走龍蛇虛飄飄莊周夢蝴蝶絮叨叨促織兒無休歇韻悠悠砧聲兒不斷絕痛煞煞傷別急煎煎好夢兒應難捨冷清清的咨嗟嬌滴滴玉人兒何處也

此處唱道是徐王亦皆刪之猶前見也

相思一舊本作風流盖此乃王實甫之筆已完故以除紙筆二句結之千種風流統言西廂一記而寓自瞀也要知下本為續筆無疑矣

此煞尾必是欲續者啞僧應非寔甫筆

〔僕云〕天明也。咱早行一程兒。前面打火去。〔末云〕店小二哥。還你房錢。鞴了馬者。

〔鴛鴦煞〕柳絲長咫尺情牽惹。水聲幽彷彿人嗚咽。斜月殘燈。半明不滅。唱道是舊恨連綿。新愁鬱結。恨塞離愁。滿肺腑難淘瀉。除紙筆代喉舌。千種相思（一作思量）對誰說。〔並下〕（相思二字仍周本不敢改作風流然風流為是）

〔絡絲娘煞尾〕都則為一官半職。阻隔得千山萬水。

題目　小紅娘成好事　老夫人問由情
正名　短長亭斟別酒　草橋店夢鶯鶯

西廂記第四本　終

西廂記第四本解證

第二折

出落 猶今俗言出脫也元曲有出退得全別郎是出落意舊評音律精熟詞有寫你新詞出落着風流幸義可想見大畧更新洗發之意徐解盡也太也越人俗言和扇也不知何義王解出類以對別樣亦影響

量這些大小車兒如何載得起 甚言其愁多而車小難載也這些大小言不多大大小也元人有些娘大些個大皆言小今人言物小者亦言有得借多大小明白可證向解爲隨行大小之車夫車不過夫人與鶯耳夫人前白巳云輛起車兒先回去此時

只有鶯車有何大小之車在况鶯只言自巳車小載不起滿胸煩惱耳豈凡車皆在内耶固自非是徐解云大小卽多少言眼前所見之車能有多少而載得許多離愁以大小爲多少更悖謬不通又有謂大字下宜讀而言這些大的小車兒意是而亦不必如此瑣屑